『猫』と『坊っちゃん』と漱石の言葉

――風吹けば糸瓜をなぐるふくべ哉

林 順治

彩流社

はじめに

本書は漱石の初期の作品を題材としている。漱石の初期作品とはいっても漱石が『吾輩は猫である』(以下『猫』)を高浜虚子の主宰する雑誌「ホトトギス」に発表したのが明治三八年(一九〇五)一月である。この年の一月一日ははからずも旅順のロシア軍が降伏した日であった。

漱石は続いて二月号に『猫』の続編を発表した。漱石は慶応三年(一八六七)年一月五日(新暦二月九日)の生まれだから、続編を発表した時にはすでに三九歳になっていた。『猫』の評判は上々であった。同じ年の一〇月、漱石は「ホトトギス」に掲載した分(一月号・二月号・四月号・六月号・七月号)をまとめて単行本『吾輩は猫デアル』(上編)を出版した。この単行本も初版は間もなく売り切れとなり、漱石の名は広く知られるようになった。この本のために漱石は約八〇〇字前後の「序」を書いている。初めて本を出版する著者の序文としては矜持《きょうじ》に満ちている。全文は『漱石全集第一六巻』(評論ほか、一九九五年岩波版)をご覧いただきたい。

『吾輩は猫である』は雑誌ホトトギスに連載した続き物である。固《もと》より纏った話の筋を読ませる普通の小説ではないから、どこで切って一冊としても興味の上に於いて左《さ》したる影響のあろう筈はない。然し自分の考えではもう少し書いた上でと思って居たが、書肆《しょし》が頻《しき》りに催促するのと、多忙で意の如く稿を継《つ》ぐ余暇がないので、差し当たり是丈《これだけ》出版することにした。（略）。

此書は趣向もなく、構造もなく、尾頭の心元なき海鼠《なまこ》の様な文章であるから、たとえ此一巻で消えてなくなった所で一向差し支えはない。又実際消えてなくなるかも知れん。然し将来忙中に暇を偸《ぬ》んで塵を吹く機会があれば再び稿を継ぐ積りである。猫が生きて居る間は――猫が丈夫で居る間は――猫が気が向くときは――余も亦筆を執らねばならぬ。


当時、漱石はすこぶる多忙であった。ロンドン留学から帰ってからの漱石は妻鏡子と四人の娘を抱え、東京帝大の英文学の講師として午前はシェークスピア、午後は英文学史の講義、その間、第一高等学校（一高）の英語の授業と学級を受け持つ担任教師でもあった。

翌年の明治三九年五月一七日、『漾虚集《ようきょしゅう》』（短編集）を同じ大倉書店から出版した。『漾虚集』には雑誌「中央公論」や「帝国文学」「学燈」などに発表した『倫敦塔《ろんどん》』、『カーライル博物館』、『幻影の盾』、『琴のそら音』、『一夜』、『薤露行《かいろ》』、『趣味の遺伝』の七編が収録されている。

さらに漱石は連載中の『猫』の合間を見て、「ホトトギス」（三九年四月号）に『坊っちゃん』を発表した。『坊っちゃん』にいたっては構想してから半月で脱稿したと言われている。これらすべて、岩波版『漱石全集』の第一巻と第二巻に『猫』→『漾虚集』→『坊っちゃん』の順番で収録されている。（筆者註：本書のテキストの構成は『猫』→『坊っちゃん』→『漾虚集』としているが、特別の意味はない）。

本書は、漱石が東京朝日新聞社の専属の作家として入社する前に発表された『猫』と『漾虚集』と

『坊っちゃん』のいわゆる初期作品と、漱石晩年の自伝的作品『硝子戸の中』『道草』（いずれも大正四年＝一九一四年、東京・大阪の朝日新聞に同時連載）と日記・書簡・講演等で構成されている。

なぜならば、通説では『猫』の笑い・狂気と『坊っちゃん』の痛快・義侠心と『漾虚集』の難解・難渋さは、表現形式やその内容から異質とされてきた。しかし筆者は漱石の初期作品である『猫』と『漾虚集』と『坊っちゃん』は優れて自伝的であるという点で共通すると認識している。

その共通性は漱石の秘密であり、その秘密を解き明かしてくれるのが漱石晩年の作品『硝子戸の中』『道草』である。そして『猫』→『漾虚集』→『坊っちゃん』→『硝子戸の中』→『道草』等の一連の作品に、漱石でなければ語ることのできない幼少期の深いトラウマが脈々と流れている。

しかし漱石は「書く」ことによってそのトラウマを自ら治癒し、レフ・トルストイ、ヴィクトル・ユゴー、シェクスピア、ゲーテ、マーク・トゥエンと同じように世界に通じる国民的作家となったことを読者の皆様に前もってお伝えしておきたい。

目次

第一部『吾輩は猫である』 53

第二部『坊っちゃん』 91

第二部

序章　漱石の神経症とは？

1　漱石の神経衰弱のこと

『吾輩は猫である』（以下、『猫』）は、漱石三八歳のときの最初の作品である。その冒頭の書出しは「吾輩は猫である。名前はまだない」とある。「名前はまだない」とあるから次の頁をめくると「吾輩は藁《わら》の上から急に笹原の中へ棄てられたのである」と書かれている。よく考えてみると吾輩は捨て猫であることがわかる。しかも猫は死ぬときまで名前を付けられた形跡はない。

明治三六年（一九〇三）一月二四日、約二年間の英国留学から帰国した漱石は、一時、妻鏡子の実家である牛込区矢来町三番地中ノ丸の中根重一宅に落ち着いたが、三月三日本郷区千駄木町五七番地（現・文京区向丘二丁目二〇番七号）に転居した。すでに漱石と鏡子の間には長女筆（五歳）、次女恒子（三歳）の女子が二人いて、鏡子は三女エイをお腹に宿していた（一一月一三日誕生）。

帰国早々、漱石は二歳年上で親友の当時第一高等学校の校長であった狩野亨吉《かのこうきち》の世話で、四月一〇日に第一高等学校の英語嘱託の辞令をもらい、同月の一五日には東京帝国大学文科大学の講師として採用された。

東京帝国大学で漱石は小泉八雲《ラフカディオ・ハーン》の後任として教鞭をとったが、学生による前任の八雲留任運動が起こり、また漱石の「英文学概論」や女流作家ジョージ・エリオット（一八一九―八〇）の代表作品の一つ『サイラス・マナー』（ある職工と孤児の出会いの物語）の講義が学生には不評であった。

また、一高の受持ちの生徒であった藤村操《みさお》が宿題をやってこなかったことで漱石に叱責され、その数日後に華厳の滝に入水自殺したことも漱石の持病でもある神経衰弱を悪化させた。そのせいもあってか、漱石は些細《ささい》なことで妻鏡子や娘に暴力をふるうようになり、妻の鏡子は漱石の振舞いに耐え切れず二ヵ月ほど実家に戻った。

漱石が『猫』の原稿（第一回分）を書き始めたのは、「ホトトギス」創刊者である正岡子規が亡くなった翌々年の明治三七年一一月中旬から下旬にかけて「山会《やまあい》の高浜虚子に勧められたからであった。「山会」というのは正岡子規の旧居（子規没後の家、現・東京都台東区根岸二―五―一一）で行われていた寒川鼠骨《さむかわそこつ》・伊藤左千夫・長塚節・河東碧梧桐《へきごとう》・高浜虚子・坂本四方太《よもた》らの文章会をいう。

この年の一一月末から一二月の初旬にかけて虚子は漱石が約束した原稿を受け取りにきた。虚子は漱石が朗読するのを聞いて大いに笑い興じた。漱石は「気が付いたところがあったら指摘してほしい」と言って、虚子が指摘した数ヵ所を改めた。『吾輩は猫である』の題名が決まったのは、「ホトトギス」に『猫』の予告を出す一〇日ほど前ではないかと漱石研究者の荒正人が推定している。

「ホトトギス」第八巻第三号（明治三七年一二月一〇日刊）は「滔滔《とうとう》十余頁にわたる一匹の猫の経歴談にして、寓意深遠、警句累出、我文壇始めてこの種の好風刺に接したりというべし」と広告した。子規が亡くなってから二年と数ヵ月後のことであった。

かくして『吾輩は猫である』は明治三八（一九〇五）一月一日発売の「ホトトギス」に発表された。この年の一月一日は旅順開城の新聞号外が出た日でもあった。『猫』の反響は上々であった。漱石は第一高等学校の生徒にはそれまで〝夏目さん〟と呼ばれていたのが、「猫さん」「猫」と呼ばれるようになった。

当時、内田百閒《ひゃっけん》は岡山中学校の四年生であったが、『猫』を読んでから漱石を深く尊敬するようになった。また漱石は松岡譲（のち漱石の長女筆の夫。現在なお活躍中の半藤一利の父）には年賀状に自筆の猫の絵葉書を送っている。

水川隆夫著の『夏目漱石と戦争』（平凡新書）によれば、社会主義者の堺利彦（一八七一―一九三三、『共産党宣言』の本邦最初の翻訳者）がエンゲルスの写真を印刷した平民社の絵ハガキを用いて次のような感想を送ってきたという。

> 新刊の書籍を読んだ時、その著者に一言を呈するのは礼であると思います。小生は貴下の新書『猫』を得て、家族相手に三夜続けて朗読会を開きました。三馬浮世風呂と同じ味を感じました。
>
> 堺利彦

『猫』のモデルになった捨て猫は、漱石が雑誌「ホトトギス」に『猫』の連載を始める一年前の七月頃、一匹の黒猫が迷い込み、漱石は〝そんなに入って来るんなら置いてやったらどうか〟と言い、通いの老婆の按摩《あんま》に〝爪の先まで黒いから飼っておくと家は繁盛する〟と言われ、妻の鏡子が飼う気になった。

ちなみに名無しの黒猫は、明治四一年九月一四日付の漱石（東京都牛込区早稲田南町七）からのハガキで小宮豊隆・鈴木三重吉・松根東洋城・野上豊一郎らは次のような死亡通知を受けている。

辱知猫義久く病気の処療養不相叶昨夜いつの間にか裏の物置のヘッツイの上にて逝去致候埋葬の義は車屋をたのみ蜜柑箱に入れて裏の庭先にて執行仕候。但し主人「三四郎」執筆中につき御会葬には及び不申候　以上

以上の事柄は漱石の研究者や愛好家の皆さんがおおよそ〝知っている話〟と拙著を投げ出されては困るので、そこで筆者は視点を変え、漱石の持病と言われている神経衰弱が一体どの程度のもので、当時、医師にどのように診断されていたか、また、漱石自身、〝神経衰弱〟についてどう考えていたのか知見を加えてお伝えしようと思う。言って見れば、これが本書の主題といってもよい。

そこでまず「神経衰弱」を漱石全集（岩波版）の総索引第二八巻をひくと、第一巻の『吾輩は猫である』が五ヵ所、第四巻の『虞美人草』が四ヵ所、第六巻の『門』『それから』が六ヵ所、第八巻の『行人』が六ヵ所、第一六巻の『評論ほか』が一〇ヵ所、第二二巻の『書簡（上）』が一七ヵ所と一番多い。

したがって、第二二巻『書簡（上）』に収録されている鈴木三重吉に送った明治三九年六月六日付の書簡（A）と同じ月の六月一九日に送った書簡（B）の二通と森田草平に送った六月二三日付の書簡（C）が漱石自身の〝神経衰弱〟に対する代表的な意見と思われるので次に紹介する。

A　君は九月上京の事と思う。神経衰弱は全快の事なるべく結構に候。現下の如き愚なる間違っ

た世の中には正しき人でありさえすれば必ず神経衰弱になる事と存候。

今の世に神経衰弱に罹らぬ奴は金持ちの魯鈍ものか、無教育の無良心の徒かでなからずば二〇世紀の軽薄に満足するひょうろく玉に候。

もし死ぬならば神経衰弱で死んだら名誉だろうと思う。時があったら神経衰弱論を草して天下の犬どもに犬である事を自覚させてやりたいと思う。

B

漾虚集《ようきょ》の誤植のお知らせ有難う。第三版には大分正さねばならぬ。

神経衰弱論を書こうと思っている。僕の結論によると英国人が神経衰弱で第一番に滅亡すると云うのだが、名論だろう。いずれ出たら読んでくれたまえ。

C

人間を見るのは逆境に於いてするに限る。逆境を踏んだ人は自ら修業が出来る。サンタンたる諸先生も毎日試験を受けていれば立派な人になれる。天の禍を下す、下せる人を珠玉にせんが為なり。禍はないかな。禍はないかな。天下に求むべきものありとすれば禍のバーゲトリー（煉獄）なり。

今一つ感じたことがある。純文学の学生は大抵神経衰弱に罹っている。是は二〇世紀潮流が自然学生を駆ってここに至らしめたるか又は神経衰弱ならざれば純文学が専門に出来ぬか。未だ研究せず。

諸君既に神経衰弱なれば試験官たる拙者の如きは大神経衰弱者ならざるべからず。然も当人自身は現に神経衰弱を以て自任しつつあり。神経衰弱なるかな。神経衰弱会を組織して大いに文運を鼓吹せんとする白楊先生（森田草平のこと）以て如何となす。

漱石の神経衰弱論は鈴木三重吉や森田草平に宛てた書簡の内容が本音とみてよい。ウィキペディア（以下、ウィキ）によると、現在では「神経衰弱」という言葉は、病気の症状としては不明瞭で自律神経失調症や神経症などとも区別され、病名としては使われていないという。そもそも神経衰弱は、一八八〇年にアメリカの神経科医ビアードが命名した精神疾患の一種であった。

当時のアメリカでは都市化や工業化が進んだ結果、労働者の間で、この状態が多発していたことからこの病名が生まれた。しかしその後、戦争や疲労による不眠不休の状態にある人に必ずしもみられないことと、心身の休養によって回復するとは限らないことから、その人の置かれた状況と素質ないしは性格とのかね合いで発生するものと考えられ、神経症の一型とされている。

それでは〝神経症〟とはどのような症状をさしていうのか、ウィキを検索すると、「神経症とは精神医学用語で、統合失調症や躁うつ病などよりも軽症であり、病因が器質的なものによらない精神疾患のことをさす。軽度のパニック障害や強迫性障害などがこれにあたる。これらは総称して神経症と呼ばれていた」とある。さらに次のように説明している。

一九世紀以前において脳や体に何も異常がないのに精神（神経）が病に冒されたようになる病気をそう呼んでいた。このような精神疾患に神経症という名前が当てはめられた。神経症はフロイトが精神分析という方法で神経症の患者を研究していたことで有名である。

ここで「病因が器質的」の〝器質的〟の意味を調べてみると「ある障害や病変の原因などについて、身体の器官のどこかが物質的、物理的に特定できる状態にある」とあり、「例えば、器質的病変があるといえば、脳を含む体のどこかが損傷を受けた結果不具合が生じている状態である」とある。

そこで肝心の〝フロイトのいう神経症〟のことだが、ウィキは神経症の関連項目として精神医学・精神分析学・心理学・抜毛癖・チック症・緘黙《かんもく》などをあげている。これでは先にあげた漱石の考えとは大分かけ離れているし、文学・歴史・宗教・哲学とはあまり縁がなく、面白くもない。

また、神経症の研究に生涯をかけたフロイトが晩年に『モーセと一神教』で伝えたかった神経症の真髄も知ることができない。確かにフロイトが亡くなる寸前に出版した『モーセと一神教』も「モーセを語る人はフロイトを語らず、フロイトを語る人はモーセを語らず」の言葉が示すように、歴史・哲学・文学と宗教、宗教と精神医学との接点を見いだせないまま長い時間が経過した。

一八五六年に生れたジークムント・フロイトはオーストリアの精神分析学者で精神科医であったが第二次世界大戦が始まる一九三九年、ナチ政権を逃れてロンドンで亡くなった。人生の大半を神経症の研究に専念し多大な業績をあげ、最晩年のロンドンで『モーセと一神教』を出版し、「モーセはエジプトの高官であった」という仮説を発表した。

漱石はフロイトより一一年遅く生まれ、大正五年（一九一六）四九歳で亡くなっている。ということは、漱石はフロイト八三歳のときの遺作『モーセと一神教』の出版より二〇年早く亡くなっているのだから『モーセと一神教』を読んでいないことは確かである。

そしてまた『モーセと一神教』が先のような事情だから、漱石の神経症を観点にした本は数少ない。しかし、これは〝もしも〟の話だが、漱石が最初の作品『猫』を書いたのが明治三八年（一九〇五）である。一九〇〇年に出版されたフロイトの『夢判断』ならば漱石がロンドン留学中に読まなかったとは言い切れない。

しかし、そもそも『夢判断』そのものが六〇〇部印刷され、完売するのに八年もかかったというのだから無理なこともわかる。それでも私は「もし、漱石がフロイトを読んでいたら、『猫』を書くことはなかった」と言いたい。

漱石は「神経衰弱」「神経」という言葉を作品・日記のなかに多用しているが、博覧強記の漱石が「神経症」という言葉を使っていない。また漱石全集（岩波書店）の総索引（第二八巻）を引いてもフロイトの名は見えないので、漱石はフロイトを読んでいなかったと結論してもよい。

〝モーセはユダヤ人ではなく、エジプトの高官であった〟というフロイトの遺作『モーセと一神教』によれば、かつて経験され、のちに忘却された印象、すなわち神経症の病因論に非常に大きな意味をもつ印象をフロイトは心的外傷と名づけた。それは論理的思考を圧倒し、心に迫りくる強迫という名の特徴を持つ。

心的外傷のすべては五歳までの早期幼年時代に体験される。フロイトによればその体験は通常完全に忘れ去られているが、心的外傷→防衛→潜伏→神経症発生の経過をたどるという。人類の生活においてもこのような個人の生活における事態と似たことが起こっているとフロイトは考えた。

人類の生活でも性的・攻撃的な内容の出来事がまず起こり、それは永続的な結果を残すことになったが、とりあえず防衛され忘却され、長い潜伏期間を通してのち、発生すなわち出現するというのである。フロイトはこの想定にもとづき、神経症状に似た結果こそ宗教という現象にほかならないと考えたのである。

フロイトは人間個々人の神経症の発生は国家の宗教の発生に酷似していると考察しているので、ここでは国家と宗教のことではなく漱石個人の神経症に限定するが、明治国家の万世一系アマテラスを祖とする物語を宗教イデオロギーと見るか政治イデオロギーと見るか今は問わない。終章の最後の部分をご覧いただきたい。

序章では、いわゆるフロイトの「幼児期に受ける心的外傷と神経症の発生」の説を頼りに、漱石の初期作品である『猫』と『坊っちゃん』と『漾虚集』に〝神経症〟の徴候を探ることにする。しかし〝神経症〟だけがすべてではないことを御断りしておく。

たとえば冒頭文が「主人は痘痕面《あばたづら》である」という『猫』第九話のなかに神経症の病因に類するものがある。漱石の痘痕面論は第九話の四分の一を占めている。一一話からなる『猫』の冒頭文で、第一話の「吾輩は猫である。名前はまだない。」と第九話の「主人は痘痕《あばた》面である」のトーンは似ている。

漱石の晩年の作品『道草』や市販の漱石伝から、漱石が乳呑み児のうち養子に出され、その養子先で疱瘡にかかったことはよく知られている。養子の話と疱瘡の話はその都度述べることにして、『猫』（九話）の後半に載っている神経症に類似する話は『猫』（九話）をご覧いただきたい。

2 『猫』の連載中に発表された『坊っちゃん』

さて『坊っちゃん』は明治三九年（一九〇六）四月一〇日発売の「ホトトギス」（四月号別冊付録）に掲載された。その時の「ホトトギス」の刷り部数は五五〇〇部、定価は五二銭であった。「ホトトギス」四月号には『吾輩は猫である』の第一〇回が掲載されていたので、漱石は『吾輩は猫である』の執筆を中断して一気に『坊っちゃん』を執筆した。

『猫』と『坊っちゃん』の共通性は、その内容が十分に〝自伝的〟である点において著しい。『坊っちゃん』の主人公の名が終りまで出てこないのも、猫の名前が死ぬまで付けられなかったのも似ている。

坊っちゃんが級友に「弱虫」と野次《やじ》られただけで、どうして二階から飛び降りるような無鉄砲なことをするのか。このような問いに答えることができれば、『猫』と『坊っちゃん』と漱石の言葉の裏に隠された秘密に一歩も二歩も近づくことができるにちがいないと私は考える。

『坊っちゃん』は「ホトトギス」に『猫』掲載中の三月一四日に構想され、三月末に脱稿したと言われている。その間たったの一五日である。事実、中央公論社の編集長滝田樗陰の執筆依頼の書簡に対して「お手紙を拝見しました。中央公論になるべく書こうと思うが、何とも言えない。今、ホトトギスの分を三〇枚（『坊っちゃん』の原稿か）書いたところです。何だか長くなりそうで弱っています」という返事を書き送っている。そしてその六日後に虚子に次のような書簡（明治三九年三月一七日付）を送っている。

拝啓　新作小説（『坊っちゃん』のこと）、存外、長いものになり、事件が段々発展、ただいま一〇九枚です。もう山を二つ三つ書けば千秋楽になります。『趣味の遺伝』で時間がなくて急ぎすぎたから今度はゆるゆるやる積りです。

もしうまく自然に大尾に至れば名作然らずんば失敗。ここが肝心の急所ですからしばらく待っていただきたい。出来次第、電話をかけます。松山だか何だか分からない言葉が多いので閉口、どうぞ一読の上ご修正を願いたいものです。

『坊っちゃん』発表後には、東大英文科卒の一〇歳後輩で子規ら俳句仲間の大谷繞石には次のような書簡（明治三九年四月四日付）を送っている。

御推奨感謝いたします。山嵐の如きは中学のみならず高等学校にも大学にもいません。しかし野田の如きは累々然ところがっています。小生も中学にて二、三目撃しています。さすが高等学校にはこれほど激しい奴はいませんが、同類は沢山います。

要するに高等学校は校長などに無暗に取り入る必要がないからでしょう。山嵐や坊っちゃんの如きがいないのは、人間として存在していないのではなく、居れば免職になるから居ないだけの話です。僕は教育者として適任と見做される狸や赤シャツより不適任な山嵐や坊っちゃんを愛しています。

漱石の松山教師時代の「ホトトギス」の同人村上霽月《さいげつ》には「お手紙拝見。坊っちゃんをほめてくれて有難う。大概は〝愉快だ〟と言ってくれている。ある人はあれで神経衰弱が治ったと言っている。赤シャツも野田もうらなりも、皆、空想的の人間です」という手紙（四月一二日付）を送っている。

また教え子の森田草平には「もう一回（『猫』のこと）でやめる積りでいるが、忙しくて書けないから閉口している。いわゆる写実の極致という奴をご覧にいれてアッと驚かせる積りの成算はできている。しかし驚かすのはいつかわからない。坊っちゃん読んでくれて有難う。君の抗議には降参しないが、褒めてくれた所は賛成です。大いに嬉しいです」という返事（明治三九年五月五日付）を送っている。

この年の「国民新聞」（八月三一日）に「腹案があったわけではない。三日ばかり前に不意に浮んでそのままずるずる書いてしまったんです。そういえばスチーヴンソンの『南海千一夜物語』から思いついたんです」と漱石は語っている。

柄谷行人は大岡昇平の「漱石の作品には謎がないが、作者自身には謎がある。その謎は『猫』の機知と警句の間に、スイフト論の中に、或いは『文学論』に引用された西欧の文学的感動の例の中にある」という言葉（『小説家夏目漱石』所収）を引用し、「漱石が長生きすれば、ふたたび『吾輩は猫である』に帰着しただろう」という大岡の指摘に賛意を表している。

ところで漱石は『猫』と『坊っちゃん』の間に『漾虚集《ようきょしゅう》』（短編集）を大倉書店（服部書店）から明治三九年五月一七日に単行本として出版した。おそらく『猫』が評判になったので出版社側が漱石に飛びついたのか、漱石が出版社に強気に頼んだのかいずれかであろう。漱石は画家で友人の中村不拙に『漾虚集』に収録する作品の挿絵を依頼している。

『漾虚集』には『倫敦塔《ろんどん》』（「帝国文学」一月号）、『カーライル博物館』（「学燈」一月号）、『幻影の盾』（「ホトトギス」四月号）、『琴のそら音』（「七人」六月号）、『一夜』（「中央公論」九月号）、『薤露行《かいろ》』（「中央公論」一一月号）、『趣味の遺伝』（「帝国文学」明治三九年一月号）の七編が収録されているが、『趣味の遺伝』をのぞいて明治三八年（一九〇五）中に発表されたものである。

しかしその『趣味の遺伝』も翌年（明治三九）の一月に発表し、『猫』の七話・八話も「ホトトギス」の一月号に発表しているから、漱石は明治三八年中に『猫』（一話～九話）、『漾虚集』の七編、そして『坊っちゃん』を書き上げたことになる。これらすべて現在、岩波版『漱石全集』の第一巻と第二巻に収録されている。

すると漱石が明治三八年＝一九〇五年に執筆した原稿の総量は六三万字（四〇〇字詰原稿用紙約一六〇〇枚）一日四枚の原稿を書いたことになる。しかも漱石は明治三八年から三九年にかけて、東京帝国大学文科大学で午前一〇時から一二時までは「ハムレット」「テンペスト」と「英文学概説」の講義を交互に受け持ち、家に帰れば妻鏡子（三〇歳）・娘筆（八歳）・恒子（六歳）・エイ（四歳）・アイ（二歳）が待っている。

自ら招いた状況とはいえ、漱石は清国南京に在住する友人の菅虎雄に送った手紙（明治三九年一月一四日付）では次のような心境を語っている。

年礼も賀状も今年は全廃した。君の留守宅にも失敬してしまった。僕のうちではまた去年の暮に赤ん坊が生まれた。また女だ。僕の家は女子専門である。四人の子が次から次へ嫁入りすることを考えるとゾーッとするね。貯蓄せんといかん。しかるに去年の一二月などは三〇〇円近く支払った。幸い著作の印税で間に合ったが、何しろ金がいるのには驚くね。

君は出来るだけ貯蓄をせんといかん。君に返す金は矢張り一〇円あてにしている。今年中に済むだろう。東京も別段変わったこともない。狩野も大塚も藤代も例の如くだ。藤代ぐらい学校を欠勤するのも珍しいね。

僕は大学を辞めて江湖の処士になりたい。大学は学者中の貴族だね。何だか気に喰わん。四月には帰るまいね。居れるならそちらに居るほうがよいと思う。

しかも、漱石には別のやっかいな問題が起きていた。前年（明治三八）の二月ごろ元養父塩原昌之助が下谷区西町（現・台東区東上野一丁目）から漱石の住い千駄木町に近い本郷区駒込東片町（現・文京区本駒込）に転居してきたからである。このことを漱石は知っていたかどうかわからないが、そのころ塩原昌之助が漱石の通勤途中に姿を現すようになっていたからである。

大学の講義の準備、『猫』の連載、家族を養うための生活費の苦労に加えて過去から引きずってきた塩原昌之助との関係など、むしろ漱石が〝神経衰弱〟にかからないのはおかしい状況下にあったことがわかる。

ではなぜ、『猫』の連載中に『坊っちゃん』ばかりでなく難解な『漾虚集』を出版したのだろうか。

しかも神経衰弱の真っ最中である。意外と簡単な理由である。

次の四、五点の理由が考えられる。一つは『猫』の反響が予想通り頗《すこぶ》るよかった。二つは菅虎雄への手紙にあるように生活のため、三つは連載中にいろいろな構想が浮かび、七点もの短編（『漾虚集』）を矢継ぎ早に次々と書きあげた。内容は難解であったが『猫』が好評のうちに出版社に持ち込んだ。出版社側も漱石の将来を見込んで出版に踏み切った。

漱石は『猫』の連載を続けている内に、作家としての自信と自覚が生まれ、つまらぬ教師稼業（漱石によれば）が辞めたくなり、教師を辞めた場合のことも想像した。加えて漱石の名声を知った養父塩原昌之助が金の工面のため漱石の周辺をうろつきだしたので、漱石は過去から引きずってきた自身のトラウマ《傷》を引きずり出して作家の目から分析する必要に迫られた。

漱石にとって書くことは、神経衰弱とそのもっと深い原因の探求、そして生活費の獲得、さらに嫌な教師職からの脱出など、一石三鳥の手段であった。また、連載中の『猫』もそろそろ終わりに近づいた。

したがって次の作品に取り掛からなければならない、教師を辞め、作家になるにはもっと衝撃的で面白いものを出せば、教師を辞めて物書きとして自立できるという、ある意味では切羽詰まった状況、ある意味では虚子への手紙にかいたように「名作然らずんば失敗」の覚悟で構想の赴くまま一気に書きあげたのが『坊っちゃん』と言えよう。

3　漱石が生れてすぐ養子に出されたのは本当か

漱石の〝神経衰弱〟といえば、『漾虚集』に収録された七編はどれをとっても『猫』と『坊っちゃん』の皮肉と滑稽さと分かりやすさと痛快さと対照的に難解であるが、男と女の三角関係に特徴がある。『猫』（六話）で主人苦沙弥先生と東風と迷亭が『一夜』について次のような話を取り交わしている。

「先達《せんだっ》ても私の友人で送籍と云う男が一夜という短編を書きましたが、誰が読んでも朦朧《もうろう》として取り留めがつかないので、当人に逢って篤《とく》と主意のある所を糺《ただ》して見たのですが当人もそんな事は知らないよと言って取り合わないのです。全く其の辺が詩人の特色かと思います」と東風。「妙な男ですな」と主人。「馬鹿だよ」と迷亭。「送籍は吾々の間うちでも取除《とりの》けですが、私の詩もどうか心持ちその気で読んで頂きたい」と東風。

ところで、『猫』九話から引用した「送籍という男」の「送籍」は漱石のもじり、パロディであることは言うまでもない。もともと「送籍」とは結婚・養子縁組などの理由で、戸籍を他家の戸籍に送り移すことをいう。

慶応三年（一八六七）二月九日江戸牛込馬場下横町（現・東京都新宿区喜久井町一番地）に夏目小兵衛（直克）とちゑとの間に生れた金之助（漱石の実名）だが、実はその生れる前日、塩原昌之助が夏目家を訪れて

「今度生れる子供を養子に欲しい」と申し出たと言われている。

この話は関壮一郎の「『道草』のモデルと語る記」(大正六年二月「新日本」)に書かれている。また、「『道草』のモデルと語る記」は一九九六年に発行された岩波版の『漱石全集』別巻(全二八巻・別巻一)に収録されている。

しかし書き手の関壮一郎の正体については不明な点が多く、現在調査中だが未だ特定できない。むしろ「関壮一郎」の「関壮」が「漱石＝送籍」のひっくり返したペンネームではないかと推測しているが、いずれにしても漱石の養子問題、送籍の事情によほど詳しい人物にちがいない。関壮一郎については拙著『漱石の秘密』の終章「謎の人物関壮一郎」をご覧いただきたい。

金之助の養子縁組が父夏目小兵衛と塩原昌之助との間で何時なされたのかはっきりしていないが、明治二一年、金之助は二二歳のとき夏目家に復籍している。ちなみに金之助の父小兵衛と塩原昌之助との関係だが、通説(江藤淳、荒正人)では「昌之助の父半助と同じ名主仲間であった金之助の父小兵衛直克が、一一歳の時に父半助を失くした昌之助を引き取って一五歳のとき太宗寺門前の名主になるのを手助けしたのが縁となった」ことになっている。

また金之助には明治二五年(一八九二)に分家し、北海道後志《しりべし》国岩内郡岩内浅岡仁三郎方へ籍を移すという「送籍」の体験があった。この漱石の明治二五年の「送籍」については丸谷才一の〝兵役逃れ〟という説が有力であるが、漱石(金之助)をめぐる養父塩原昌之助と実父夏目直克の争いが漱石の青少年時代に決定的な影響を与えていることは間違いない。

それは『猫』や『坊っちゃん』の冒頭の文にも如実に現れている。というのは、漱石がロンドンから帰国したのは明治三六年一月二四日だが、その年の五月四日、漱石は自宅（千駄木町）に近い人力車屋を営む家の前を通りすぎる養父塩原昌之助に十数年ぶりに出会っている。二人は挨拶もしないで通りすぎた。漱石晩年の作品『道草』の冒頭部分に次のように書かれている。

ある日小雨が降った。其時彼は外套も雨具も着《つ》けずに、ただ傘を差した丈《だけ》で、何時《いつ》もの通りを本郷の方へ例刻に歩いて行った。すると車屋の少し先で思い懸けない人にはたりと出会った。其人は根津権現の裏門の坂を上がって、彼と反対に北に向って歩いてきたものと見えて、健三が行く手を何気なく眺めた時、十間位先からすでに彼の視線に入ったのである。

『道草』は主人公の健三＝夏目金之助の自伝であることは明らかである。「遠い所から帰ってきて駒込の奥に世帯をもったのは東京を出てから何年目になるだろう。彼は故郷の土を踏む珍しさのうちに一種の淋し味《み》さえ感じた」という書出しの文がそのことを物語っている。

『猫』『坊っちゃん』の共通性は、冒頭の文とその内容がきわめて「自伝的」である点においてである。漱石の最初の作品は『猫』と『坊っちゃん』であることは先述した。言ってみれば、英語教師と数学教師を題材とする作品をしかもほぼ同時期に発表することによって国民的作家になった。

しかし、この二つの作品は一般には自伝的作品として読まれているわけではない。自伝的要素を持っている作品といえば漱石晩年の『道草』と『硝子戸の中』である。『道草』（大正四年）や『硝子戸の中』が晩年の作品とはいっても、『猫』から『道草』まで漱石が作家として働いた期間はたったの九年でしかない。

しかも『道草』は自伝的とはいっても一高と東京帝大の英語講師をしている三七、八歳前後の男の日常生活の「今」のなかに幼少期の記憶を織り交ぜた奇妙な作品である。それもあるトラブル（養父塩原昌之助の出現）が生じたことによる回想である。

『猫』と『坊っちゃん』の冒頭部分に『道草』と『硝子戸の中』を足して、漱石の幼少期を再構成すると漱石の思想と作品がより優れて明らかになる。それには金之助こと漱石が自ら隠し、幼少期の金之助が受けた隠されたトラウマ《傷》はいかなるものであったかを解明しなければならない。

4 金之助の幼少期に受けたトラウマとはどのようなものか

金之助の幼少期に何か大きなトラウマがなければ『坊っちゃん』の〝おれ〟（主人公）が「飛び降りられるか」と囃《はや》されて飛び降り、「切れるか」と言われて手の甲を切ってみせる少年が生れるはずがない。今は少なくなったがつい十数年前まではよく見かけた非行少年の典型的事例のようなものである。

駒込千駄木町に新居をもった『道草』の健三とお住夫妻の話は、漱石が『猫』を執筆していた時期に当たる。であれば、漱石が森田草平に送った手紙（四月七日付）に書いた「もう一回でやめる積りだ」といったのは、『猫』の一〇話を書いている頃（明治三九年）とみてよい。荒正人の『漱石研究年表』によると漱石は四月二〇日（明治三九年）に『猫』（一〇話）と『坊っちゃん』の印税を受け取っている。

岩波版『漱石全集第一巻』（『吾輩は猫である』一九九三年刊）「後記」によれば、『猫』の掲載日は九話が「ホトトギス」第九巻第六号の明治三九年三月一〇日、一〇話が第九巻第七号の明治三九年四月一日、一一話が第九巻第一一号の明治三九年八月一日である。このことから一〇話から一一話の間は五月・六月・七月の三ヵ月空いていることがわかる。

であれば『猫』の九話か一〇話かそれとも一一話に『坊っちゃん』執筆の徴候らしきものがあるだろうかという期待が生れる。というのは『坊っちゃん』が『猫』の九話・一〇話と一一話の間に執筆されているからである。

まず『猫』九話だが、冒頭から「主人は痘痕面《あばたづら》である。御維新前はあばたも大分流行《はや》ったものだそうだが、日英同盟の今日からみると、こんな顔はいささか時候後れの感がある」と書かれている。この痘痕論は九話全体の二七%を占めている。

痘痕論で主人の苦沙弥が幼少期に痘瘡にかかり、暗闇のなかで痒い痒いと顔中ひっかいたことが語られている。この事は、金之助が養父母塩原昌之助・やすと一緒に内藤新宿から浅草三間町に転居した明治三年から四年にかけて痘瘡にかかったことを暗示している。

成人になってからも金之助は痘痕を気にしていた。事実、金之助は松山に帰郷している正岡子規に、歌舞伎座に芝居を見に行った際に近くに円遊（落語家、鼻が大きいので〝鼻の円遊〟と呼ばれた）を見つけて、円遊の痘痕《あばた》と自分の痘痕はどちらが多いだろうと考えているうちに春日の局《つぼね》は終わっていたという手紙を送っている。

この時の手紙（明治二四年七月九日）は差出人の名を「金之助」としているが、その前後の二通の手紙には「平凸凹《たいらのでこぼこ》」としている。大人になった金之助は自分の肉体的な欠陥《トラウマ》をあからさまに揶揄《やゆ》する余裕があったようである。しかしそれは子規とは特別気心の知れた間柄であったからである。

問題は浅草時代に受けた幼少期の精神的なトラウマ《傷・屈辱》である。その傷は無抵抗な子供がうける傷であるが、無抵抗で無意識であるだけに不条理である。不条理ということは自分の意志で選択できないという状況下にあることだ。

漱石は養父母昌之助・やすに甘やかされ、ねじれた関係の中で次第に自分が強情でわがままな暴君に変貌していく状況を『道草』で執拗に分析している。そして「彼（金之助）の横着はもう一歩深入りした」ことの実例として、縁側で小便をする癖のついた金之助が寝ぼけて自分の小便をした場所に転がり落ちて腰をぬかしたことを書く。

「まだ立てないのかい。立ってご覧」
御常は毎日のように催促した。然し健三は動けなかった。動けるようになってもわざと動かなかった。彼は寝ながら御常のやきもきする顔をみてひそかに喜んだ。彼は仕舞に立った。そうして平生と何のことなる所もなく其所《そこ》いら中歩き回った。すると御常の驚いて嬉しがりようが、如何にも芝居じみた表情に充ちていたので、彼はいっそ立たずにもう少し寝ていればよかったという気になった。彼の弱点が御常の弱点とまともに相搏《う》つ事も少なくなかった。

このエピソードは『坊っちゃん』の主人公が二階から飛び降りて腰を抜かして、親父に「二階から飛び降りて腰をぬかす奴があるか」と言われて「こんどは抜かさずに飛んでみせます」と答える坊っちゃんの無鉄砲と表裏一体をなしている。『道草』の健三＝金之助は嘘をつくことに快感を覚え、いっぽう『坊っちゃん』の俺は無鉄砲で真っ正直だ。

漱石は嘘を横着の変形したものと考えている。「彼の弱点が御常の弱点とまともに相搏《う》つ事も少なくなかった」ということは、金之助も養母御常に似て嘘つきになったと漱石は反省している。

おそらく漱石こと金之助は『猫』を連載中にこの養母やすと幼少期における金之助の関係をたえず意識していたのだろう。このころ養父塩原昌之助が千駄木町の漱石の家の近くに出没していたことも回想の引き金にもなっている。

当時、漱石はこうした屈折し捻《ひね》り曲がった幼年時代に造形された自分の性格を真っ正直な性格の人間として描いたら、父母・兄弟・学校、職場ではどのようなことになるだろうと、想像したにちがいない。そしてそのような真っ当な人間を唯一支え、味方する女性像を考え出した。しかもよりによって老い先短いお婆さんを！

ところでその養母やす（御常）が『道草』（六三）では千駄木町の健三の家を訪ねる。すっかり様相の変わった御常を玄関まで送った健三は次のように考える。

「もしあの哀れな御婆さんが善人であったなら、私は泣く事が出来たろう。泣けないまでも、相手の心をもっと満足させる事が出来たろう。零落した昔の養い親を引き取って死水《しにみず》を取って遺る事も出来たろう」

漱石は強情と我儘は不幸と孤独の裏返しの世界であることを知っていた。漱石はそれを強情とも意情とも言い、幼児期における養父母昌之助・やすとの関係から生まれ、形成されたことを知った。作家とは事実の裏と表の関係を明らかにし、そしてやわらかに表現することである。

千駄木町時期の漱石は自己の幼少年時代が塩原夫婦の支配下にあったこと、すなわち愛情が欠乏した、過度に吝嗇《りんしょく》ではあるが、なにか特定の目的のためには金を惜しまぬ、羽振りはよいが、似たもの同士の昌之助・やすの強い影響下にあったことに気が付いた。

『道草』の作者は主人公健三の回想を通して塩原昌之助夫婦をけっして良くは見ず、むしろ悪しざまに批判をしているが、作者の本当の心情は必ずしも簡単には割り切れない。夫に裏切られ捨てられたことを知った御常が、「これからはお前一人が依怙《たより》だよ。好いかい。確《しっ》かりしてくれなくっちゃ不可《いけない》よ」と鬼気《きき》迫る哀願はむしろ感動的でさえある。

本当の母親ならわが子に向かってこのような言い方はしない。もし言う親がいたら盗みや暴力沙汰を絶えず引き起こす我が子に哀願する母親の台詞《せりふ》だ。やすこと御常は将来における生活の不安から血の繋がりのない幼い金之助になりふり構わず哀願している。漱石が社会と時代と人間に眼を向ける作家であるならば、このやすの言葉を忘れるはずがない。

『道草』は漱石唯一の自伝的な晩年の作品だが、漱石がイギリス留学から帰ってきて東京帝国大学と一高の教壇に立つようになった明治三六年から明治三八年頃までの生活を背景に描かれている。年代的には漱石のもっとも油がのっている時期と重なる。それとは対照的に『道草』のトーンは明るいとは言えない。

明治三六年から三八年というと『猫』と『坊っちゃん』を執筆する一、二年前のことだから、漱石のいわゆる神経衰弱が激しかった時期とこの二作品の誕生が重なっていることに注目しなければならない。

社会は日露戦争に勝利して躁の状態にあった。漱石が一気に『坊っちゃん』を書き上げたのは『猫』の評判がよかったからであり、難解な『漾虚集』も出版できたのである。漱石の気分は鬱から躁に一挙に急展開した。『漾虚集』に収録された『趣味の遺伝』（本書第三部に収録）の冒頭の文の「陽気の所《せ》為《い》で神も気違いになる」との一句を見てもそのことがわかる。

5　実家に戻った金之助こと漱石

『漱石の思い出』（夏目鏡子述・松岡譲筆録）によると、漱石は明治三六年の七月中ごろから神経衰弱が一層激しくなり、九月一〇日ごろまで妻鏡子は父親の中根重一と相談して長女筆と次女恒子を連れて妊娠中の身で実家に帰っている。

神経衰弱といえば、別居する前の七月四日妻鏡子は近所のかかりつけの医者尼子四郎を通して尼子の旧知で医学博士の呉秀三（東京帝国大学医科大学教授巣鴨病院長）の診断結果を知らされていた。その診断結果は「簡単には治らない」というものであった。

漱石のかかりつけの医者尼子四郎は『猫』（八話）では甘木の名で胃病と神経衰弱に悩む猫の主人苦沙弥先生に催眠術をかけている。また巣鴨病院長の呉秀三は、瘋癲論が載っている『猫』（九話）に登場する禅が昂じて入院した天道公平（別称、立町老梅）の巣鴨精神科病院の院長でもあった。

一方の漱石はこの年の三月九日、友人の菅虎雄に「熊本五高を辞めるが医師の診断書がいる。医者の知人がいないので呉秀三君あたりに神経衰弱の診断書を書いてもらえないか。ロンドンで会ったことがあるが、君ほど懇意ではないのでよろしく」と手紙を送っている。

作家とは何故、何のため書くのかにつきるが、そのために重要なことは自己に対する意識、すなわち自己の出自と幼少期についての記憶をたどることである。優れた作家であればあるほどこの作業を避けて通れない。漱石は『猫』の各話で〝自己を知る〟ことはいかに重要であるか強調している。

このころの漱石は、第一高等学校校長を辞任して京都帝国大学の倫理学教授に命じられた、友人にして二歳年上の狩野亨吉から京都大学文科大学の新設に際して英文学の講座担当を依頼されているが、断わりの手紙（七月四日）を出している。

この年の七月の四日、一〇日、一九日と狩野亨吉へ立て続けの書簡（終章に収録）は、漱石の律儀な性格によるだけでなく〝われ思う故にわれ在り〟のデカルトの研究者である狩野亨吉に対するなみなみならぬ尊敬と信頼によるものであった。

当時、漱石はデカルトの認識論と同級の米山保三郎の禅の研究に深い関心をもっていた。『猫』（七話）に「デカルトは〝余は思考す、故に余は存在す〟という三つ子にでも分かるような真理を考え出すのに十何年もかかったそうだ」と書いている。

ちなみに〝自己を知る〟哲学論は『猫』の最終一一話に詳しく、禅の話は九話に詳しい。九話には禅に熱中して頭のおかしくなった天道公平（立町老梅）が二階から飛び降りて怪我した話が載っている。この〝飛び降り〟は『坊っちゃん』（一章）冒頭の飛び降りにも通じている。米山保三郎（天然居士）については『猫』（三話）に詳しい。

金之助の幼少期における甘えと嘘の成り立ちから神経衰弱の話に横滑りしたが、話を先の屈辱的な〝小便事件〟と『坊っちゃん』との関係に戻す。漱石の思考の行き着いた先は、横着の末に起きた恥辱的な「縁側の小便事件」である。しかもそれには塩原昌之助の妻やすという確たる証人がいた。

ややこしいのは、その養父母にして保護者兼目撃証人である昌之助・やすが一方では金之助の強情・横着の原因となっていることである。先に引用した『道草』（六二）の「零落した昔の養い親を引き取って死水《しにみず》を取って遣る事も出来たろう」に続く健三と妻お住との会話（『道草』〈六四〉は意味深長である。次に引用する。

「とうとうやって来たのね、御婆さんも。今までは御爺さん（養父昌之助のこと）だけだったのに、御爺さんと御婆さんと二人になったのね。これからは二人に祟られるんですよ、貴方は」

細君の言葉は珍しくはしゃいでいた。冗談ともつかず、冷やかしともつかないその態度が感想に沈んだ健三の気分を不快に刺激した。「また、あの事を言ったでしょう」と細君は同じ調子で聞いた。

「あの事とは何だい」「貴方が小さい時に寝小便をして、あの御婆さんを困らした事よ」と細君。けれども健三の腹の中には、御常がなぜそれを言わなかったのかの疑問がすでに横たわっていた。彼女の名前を聞いた瞬間の健三は、すぐその弁口に思いいたったくらい、御常はよく喋る女であった。

小便事件に端を発した強情で横着な暴君が変形して『坊っちゃん』の無鉄砲に反映している。小便した場所に転げ落ちて腰を抜かした幼児が、潔《いさぎよ》く二階から飛び降りて腰を抜かすほどの少年になったのだから、ある意味では金之助は成長した。

「二階から飛び降りて腰を抜かす奴があるか」という親父に対して「今度は抜かさずに飛んで見せます」と答える。捨て猫のように養子に出された金之助が、今や金之助＝漱石のフィルターを通して少年は意志＝決意する少年に変貌している。それはいつごろからだろうか。

牛込喜久井町の実母のいる実家に戻った金之助はとても嬉しい幸せな気持ちになる。つまり金之助はきわめて率直になった。嬉しがるということは与えられたものを率直に受け取ることである。その象徴的な場面は『硝子戸の中』（三九）の母ちゑの描写だ。借金の夢に魘《うな》された金之助を慰めてくれる実母との生活は、金之助が一三、四歳になるまでの四、五年にも満たない。

しかも七、八年も一緒に暮らした幼少期の養母やすへの思いに比べるとその落差はあまりにも大きい。そもそも金之助の物心がつく前のやすとの生活ははるかに長いが、記憶は朧《おぼろ》で無力だ。漱石は『硝子戸の中』（二九）で実家に戻った金之助を次のように回想している。

馬鹿な私は本当の両親を爺婆《じいばば》とのみ思いこんで、どの位の月日を空に過ごしたものだろう。それを訊かれると丸で分からないが、何でもある夜こんなことがあった。私は一人座敷で寝ていると、枕元の所で下女がしきりに私の名を呼ぶ。私は驚いて眼を覚ましたが、周囲《あたり》がまっくらなので誰がそこに蹲踞《うずくま》っているのか、一寸判断がつかなかった。

けれども私は子供だから唯凝《ただじっ》として先方の言う事だけを聞いていた。すると聞いているうちに、それが私の家の下女の声であることに気が付いた。下女は暗い中で私に耳語《みみこすり》をするようにこう言うのである。

「貴方が御爺さん御婆さんと思っていらっしゃる方は、本当は貴方のお父《とっ》さんとお母《おっか》さんなのですよ。先刻《さっき》その所為《せい》であんなに此方《こっち》の宅《うち》が好きなんだろう、妙なものだな、と言って二人が話していらっしゃったのを私がきいたから、そっと貴方に教えてあげるんですよ。誰にも話しちゃいけませんよ。ようござんすか」

私はその時ただ「だれにも言わないよ」と言ったきりだったが、心の中では大変嬉しかった。そうしてその嬉しさは事実を教えてくれたからの嬉しさではなくって、単に下女が私に親切だったからの嬉しさであった。

不思議にも私はそれ程嬉しく思った下女の名も顔も丸で忘れてしまった。覚えているのはただその人の親切だけである。

6 〝朝貌《あさがお》や咲《さい》た許《ばか》りの命哉〟

金之助が塩原家に在籍のまま牛込馬場下横町の実家に戻ったのは明治八年一二月の末ごろとされ、金之助が浅草の戸田小学校から新宿の市ヶ谷小学校に転校したのは明治八年一一月ごろではないかと推定されているが、はっきりとした日付まではわかっていない。

明治九年（一八七六）の馬場下横町（現・東京都新宿区喜久井町一番地）の夏目家は父直克（六〇歳）・母ちゑ（五一歳）・大助（二一歳）・直則（一九歳）とそれに金之助が加わった五人の家族構成であった。明治一〇年には三男直矩が福田庄兵衛・さわ（異父姉）の養子縁組を解消して実家に戻っているから、馬場下横町の家の同居人は六人になる。

ちなみに金之助の兄弟姉妹を列挙すると、さわ《佐和》（異父姉）・ふさ《房》（異父姉）・大一（のち大助）・栄之助（のち直則）・和三郎（のち直矩）・久吉・ちかの七人であるが、長男大助と次男直則とは二歳違い、次男直則と三男直矩は年子で四男の久吉と三女のちかは金之助が生れる前に亡くなっている。また長女佐和と次女房は直克の後妻に入ったちゑの連れ子であることもわかる。

ところで長男大助と次男直則は明治二〇年（一八八七）の三月と六月に同じ肺結核で亡くなった。三男直矩は兄直則の葬儀の時、金之助に跡取りになるか問いただしたが、金之助は断った。したがって夏目家の家督は三男の直矩が相続することになった。

この年、三男直矩（二九歳）は朝倉ふじ（一八歳）と結婚したが、暮れの一二月には離婚した。そのころ金之助は馬場下横町の自宅から通学していた。翌年の明治二一年（一八八八）一月二八日、金之助は夏目家に復籍し、「夏目金之助」を名乗った。その手続きは父直克が行なった。直克は塩原昌之助と件の「為取替一札之事」、一種の公正証書を取り交わしている（詳細は終章を参照）。

この年の四月、夏目家跡取りの三男直矩は芝愛宕に住む水田孝蓄の次女登勢と再婚した。登勢は金之助と同い年であったが、美人で性格の優しい嫂であった。金之助はこの年の九月には第一高等学校の本科第一部（文科）に入学したが、そのころは直矩夫妻と同じ馬場下横町の家に同居していた。三男直矩はいわゆる〝遊び人〟で家庭を大事にしなかった。

江藤淳は登勢と金之助が恋愛関係から不倫関係に陥ったのではないかと、明治二二年から二三年にかけて正岡子規に送った二通の書簡と明治二四年八月三日付の書簡を挙げている。

明治二四年の書簡には嫂《あによめ》登勢の「悼亡」の句〝朝貌《あさがお》や咲《さい》た許りの命哉〟など一三句が載っている。ちなみに一三年後の明治三七年九月二二日付の千駄木町の自宅から下谷区清水に住む橋口貢に出した自筆絵葉書には「試験が済んだら楽になりましたろう。小生多忙閉口。奈良の模様頗る面白く候。是は朝貌の幽霊なり」と書き、朝顔に囲まれて団扇《うちわ》を持つ浴衣《ゆかた》姿の美人画を描いている。

岩波全集第二二巻（書簡）の「是は朝貌の幽霊なり」の注では、「嫂《あによめ》の死を悼む明治二四年の俳句〝朝貌や咲た許りの命哉〟の心境にかかわるか」としている。漱石からこの絵ハガキをもらった橋口貢（外交官、橋口五葉の兄、鹿児島生れ）は、五高時代の漱石の教え子であるが、貢の兄五葉は洋画家で版画もやり、「ホトトギス」の裏絵や単行本『猫』の装丁も担当している。

漱石はこの橋口貢に明治三七年から三八年にかけて一四、五枚の絵ハガキを送っているが、明治三七年一〇月二四日付の絵ハガキが裸婦像であるのはビックリである。しかも同じような裸婦像を翌日、寺田寅彦にも送っている。ハガキには「この画は昨日も一枚書いて橋口に送った。両方とも同様の出来である」と添書きしている。

私がここで注目したいのは、漱石は〝朝貌の絵ハガキ〟を送った「明治三八年九月二日」ごろは『猫』を連載中であり、七月二六日に『一夜』（本書第三部掲載の『漾虚集』に収録）を脱稿し、九月四日には寺田寅彦から『一夜』（「中央公論」九月号）の感想をハガキでもらっていることである。

話を明治二三年当時に戻す。江藤淳が指摘する〝金之助と登勢の不倫があるかなきか〟はそれとして、金之助が子規にあてた二三年八月九日付と二四年八月三日付の二通の書簡は合わせて五〇〇〇字を優に超えている。

恋情が激しい時はそのはけ口として、その秘密を吐露する唯一の友人を必要とするのは青春時代の常である。このころ金之助の友情は子規一点張りである。しかし子規は漱石の秘密のすべてを知っていたかどうか確かめようがない。

金之助と子規の緊密な関係にまもなく狩野亨吉がそれに加わるが、狩野亨吉はまた子規とは一味も二味も異なる哲学的かつ理性的友人であった。漱石の詩情と哲学の二面性を反映した友人の選択とも言える。

漱石から子規への書簡が少なくなったのは、子規が帝国大学国文科を退学して陸羯南《くがかつなん》の日本新聞社に就職した明治二五年の暮れころからである。そのころ漱石は米山保三郎（天然居士）とヘーゲル哲学や東洋哲学の議論などに熱中し、また、アメリカの詩人ウォルト・ホイットマン論を「哲学雑誌」に発表し、その後間もなく坪内逍遥は漱石の「文壇における自由主義者ウォルト・ホイットマンの詩について」を称賛している。

いっぽう漱石が狩野亨吉と頻繁に会うようになったのは、帝国大学の寄宿舎を出て東片町に下宿するようになってからである。その翌月（明治二六年一〇月）、第一高等学校と高等師範学校からほとんど同時に就職の話があったが、漱石は両方にいい加減な対応をしたため一高の教授に叱責され両方ともやめようとしたが、高等師範の校長加納治五郎のとりなしで高等師範の英語嘱託に決まった。

明治二七年（一八九五）八月一日には日清戦争が勃発し、二八年三月三日子規は日本新聞の従軍記者として新橋駅から大本営のある広島に出発した。いっぽう漱石は三月初旬、高等師範と東京専門学校を辞職して愛媛県尋常中学校教師を受託し、四月八日午前七時三五分、神戸駅に到着、午後五時五六分広島に到着。宇品から船で三津浜港に向かう。

また正岡子規は四月一〇日午後二時、宇品港から海城丸に乗り、遼東半島の柳樹屯に向かった。翌年（明治二八）子規は大連から帰りの佐渡国丸の船中で喀血し、ほとんど危篤状態で神戸港から担架で神戸病院に運ばれたのが五月二三日である。そして故郷松山に帰ったのが、須磨の結核療養所を退院してから五日後の八月二五日であった。

そのころ、漱石は松山市二番町八番戸の上野宅の裏手の離れを借りて下宿をしていた。この離れは階下が四畳と六畳、二階に三畳と六畳の部屋があったが、子規が同居するようになってから漱石は二階に移った。漱石はこの下宿を愚陀仏と名付けた。漱石が一階の部屋を子規に提供したのは八月二七日だから、子規は松山に帰郷した二日後に漱石の下宿に転がりこんだわけである。

子規はその日から一〇月一九日まで約五〇日間、松山に滞在して松風会と称する句会を連日催した。漱石は当時の中学校教師としては八〇円という破格の給料をもらっていたので生活の余裕があったのだろう。

漱石は子規と一緒に一遍上人の誕生地を散策したり、子規の「名所読み込み句会」に出席したり、道後温泉に通ったりしてゆとりのある生活をしている。月給は半月位でなくなったというから、『坊っちゃん』の俺とは大分話が違う。

〝風吹けば糸瓜をなぐるふくべ哉〟はこの時期にできた句である。地元新聞の「南海新聞」に掲載されたのが九月一八日だが、漱石の滑稽と風刺の才能がいかんなく発揮されている。漱石が松山中学を辞任して熊本第五高等学校に転任するのが明治二九年四月八日だから、漱石の松山滞在はちょうど丸一年ということになる。

7　漱石はロシアの文豪トルストイに似ている

幼少期から少年時代の前半にかけての養父母塩原昌之助のもとで一人っ子として成長した孤独な生活から、騒々しく雑多であるが実母と兄弟姉妹のいる実家に戻らなかったら、作家＝文学者としての漱石は誕生しなかったであろう。

しかし、塩原昌之助とやすの生活がなかったら漱石は『坊っちゃん』を書くことができなかったはずだ。もっとも大事なことは、もし金之助が八歳から九歳の間に、実母ちゑのもとに戻らなかったら、漱石は然るべきそれ相当の学者になったかもしれないが作家に転身はしなかった筈だ。

八歳から九歳と言えば、小学校二年生から三年生になるころだ。漱石は、生後間もなく母を失くし、さらに五歳のとき父親を亡くして母方の叔母に育てられたロシアの文豪レフ・トルストイに似ている。トルストイは二四歳の時、最初の作品『わが幼年時代の思い出』を発表することによって、青年時代の放蕩・放縦の生活と決別して作家となった。

しかしトルストイと漱石は歴史や時代が異なるばかりでなく、国も言語も環境も兄弟も子も親も、親の財産も生きた年齢も違う。漱石は五〇歳にならずして死んだが、八二歳になったトルストイは妻との不和を理由に家出によって孤独死を選び、世界の読者をアッと言わせた。トルストイは頑健であった。漱石は持病の胃潰瘍で苦しんだ。トルストイはカザン大学を中退したが、漱石は優秀な成績で東大英文学科を優等で卒業し、五高の教授になりそれからイギリスに留学して博士になった。漱石は博士になっても食うために働かなければならならなかった。

トルストイは妻ソフィアとの間に九人の男子と二人の女子を生んだ。漱石は妻鏡子との間に五人の女子と二人の男子を生んだ。子沢山では二人は似ている。トルストイの父はピョートル大帝（在位一六八二—一七二五）時代にすでに高名であった貴族を出自とし、大貴族の称号の継承者であるトルストイの母マリアは約八〇〇人の農奴と一〇〇〇ヘクタールのトゥーラ県ヤースナヤ・ポリャーナの領地からなる資産の相続者であった。

漱石は崩壊寸前の江戸幕藩体制のそれも末端に位置する名主の子であった。ちなみに江戸市街の範囲を一六平方キロメートルとするとヤースナヤ・ポリャーナは一〇平方キロメートルで江戸の六二％を占める。

トルストイの最初の作品『わが幼年時代の思い出』は誕生日を迎えた一〇歳の少年ニコライとやさしい母と怖い父と兄弟家族の完全に丸い世界の幸せな物語である。漱石とトルストイの違いを指摘するならば、その幼年時代の回想もトルストイの『わが幼年時代の思い出』と違って、漱石の『道草』の夫婦の会話に見るように歯切れが悪く、暗く、ジメジメしている。

しかし繰り返して述べるが、『猫』と『坊っちゃん』も自伝的であるが、『道草』と異なって歯切れがよく、饒舌である。芭蕉の〝よく見れば薺花咲く垣根かな〟のような解放感もある。

繰り返すようだが、もし漱石は小学校六年生から中学一年生にかけて実家に戻っていたら、おそらく漱石たる人物は存在しなかった可能性が高い。それは紙一重の一年か二年の期間に限定される。一年遅れたらやくざで駄目な、あるいは横着でわがままな普通の大人になったに違いない。

我儘な単なる大人でなければ、ただのくそ真面目な学者にはなったかもしれないが、一番可能性が高いのは、金か地位か権力か名誉にこだわる、強欲で意地汚い鉄面皮で無責任な大人になることだ。

漱石は大学の教師を辞めたころ、友人の若杉三郎宛に手紙で「かのグータラの金持どもが大臣に下げる頭を、文学者のほうに下げるようにしなければならない」と書いているが、そのグータラな金持ちになったかもしれない。

8　『坊っちゃん』の清とはだれのことか

筆者は『猫』と『坊っちゃん』と『漾虚集』に収録された七つの短編に鏤《ちりば》められた〝ことば〟を探索することを目論んでいるが、あえてここで次のような仮説を表明しておくことをお許しいただきたい。

『坊っちゃん』の主人公の脇役として登場する〝清〟は、先に紹介した『硝子戸の中』の実母千枝《ちゑ》であり、金之助に本当の父母を教えてくれた夏目家の女中（お手伝い）であり、意外と思われるかもしれないが養母やす（『道草』の御常）であり、養父昌之助の愛人（のちの妻）日根野かつ等の女性像を理想化した母性的人物像といえる。

金之助こと漱石にとって、日根野かつは昌之助と正式に結婚した後は塩原かつとして金之助の第二の養母となっている。しかもかつには金之助が好きになった連れ子のれんこと御縫（作品上の名）がいた。

いっぽう第一の養母である塩原昌之助の妻やすは夫の不倫を仲人の夏目小兵衛直克に訴えたので、やすと金之助は喜久井町の実家に引き取られた。昌之助もやすも高田馬場一帯の名主であった小兵衛直克の使用人であったからである。

金之助とやすはいつまでも夏目家に世話になるわけにはいかず、やすの実家の榎本現二の家に一時仮住いをした。榎本家はそのころ内藤新宿から小石川白山前町二五番地に移っていたので、やすは実家に世話になるわけにはいかずその近所の一軒屋を借りた。

『道草』の健三が〝変な宅〟と回想しているのはその時の一軒屋を指している。その家は縄暖簾《のれん》をかけた米屋か味噌屋のようであった。やすと金之助はそこで毎日、茹《ゆ》でた大豆を食べた。やすは会う人ごとに「口惜しい口惜しい」と言って泣いた。「死んで祟ってやる」とも言った。そのやすもいつの間にか金之助の前から消えていった。

その第一の養母であるやす（御常）が『道草』（六三）では千駄木町の健三の家を訪ねる。当時、漱石は「ホトトギス」に『猫』を連載中であった。漱石は『猫』の評判がよかったので、教師職をやめ作家として自立する気になっていた。しかも作家とは事実の裏と表を暴くことである。

やすは金之助にとって母性から受けた大きな傷であった。夫昌之助から裏切られ、金之助とたった二人きりなったやすは「これからはお前一人が依怙《たより》だよ」と真剣に五、六歳の幼児に懇願している。やす＝清だと言っているわけではない。しかし縁側から寝小便をした幼子が、『坊っちゃん』では二階から飛び降りる少年に変貌している。吝嗇で嘘つきのやすが、『坊っちゃん』で「おれ」思いの清に変貌していてもおかしくはない。であれば思い出したくもない暗く、屈辱的な世界でも、『坊っちゃん』のような冒険譚であればやすも聖女になりうる可能性もないではない。

明治七年一二月、金之助は日根野かつと同棲している昌之助のところに引き取られ、翌年の明治九年四月には昌之助とやすの離婚手続きがとられた。金之助が戸田小学校に入学したのは養父昌之助とその愛人日根野かつと金之助より一つ年上のかつの連れ子のれんと同居を始めたころである。

金之助が入学したころの小学校は上下二等に分かれ、上下とも一級から八級まであった。各級は六ヵ月で終了する。六歳で下等小学校に入学し、上等小学校を卒業するときは一四歳になる。金之助は明治七年に七歳で入学しているから、規定より一年遅れの入学ということになる。

明治九年、塩原昌之助は浅草寿町の戸長を免職となり、八月には日根野かつ母娘と一緒に不忍池《しのばずのいけ》の東方に位置する下谷西町一五番地に引っ越した。漱石は『道草』で昌之助が建てた新築の裏の野原とも畑とも見分けがつかない、草を踏むとじくじくと水がわき出る湿地の思い出を語っている。

金之助は明治九年五月に浅草の小学校の下等四級を卒業しているので、数ヵ月の間は下谷西町で暮らしている。というのはその年の八月には牛込喜久井町の実家夏目家に引き取られているからだ。『硝子戸の中』（二九）に漱石は次のように書いている。

浅草から牛込に移された私は、生まれた家に帰ったとは気が付かずに、自分の両親を元通り祖父母とのみ思っていた。そうして相変わらず彼らを御爺さん、御婆さんと呼んで少しも怪しまなかった。向うでも急に今までの習慣を改めるのが変だと考えたものか、私にそう呼ばれながら澄ました顔をしている。

私は普通の末っ子のように決して両親から可愛がられなかった。これは私の性質が素直でなかった為だの、久しく両親に遠ざかっていた為だの、色々の原因から来ていた。それだのに浅草から牛込へ移された当時の私は、何故か非常に嬉しかった。そうしてその嬉しさが誰の目にも付く位に著しく外へ現れた。

金之助と牛込薬王寺前の市ヶ谷小学校で同級であった篠本二郎の『腕白時代の夏目君』（岩波版『漱石全集　別巻』に収録）によると、金之助は悪戯《いたずら》することも武張ることも好きな少年に変貌した。篠本二郎は漱石と同じ熊本五高で鉱物の教授をしていた。不思議な縁である。

この篠本二郎は「夏目君が後日文学を専門して、人情の微を穿つような優しい小説など書く人になろうとは思いもよらなかった」と述懐している。そして「夏目君は、篠本との交友関係でも決して嘘をついたことがなかった。ただ、交友の不信・不義を責めることが随分激しくて交友の数が少なかった」と金之助の潔癖な性格を指摘している。

そして篠本は二〇年後に熊本で出会ったときには、小さい頃のように交友関係の不義・不信にはとても穏やかになったと、小学校時代の身近に住んでいたかつての親しい同級生でさえ、金之助の変貌に驚いている。作家漱石は傍目にみても大きく変わったのだろう。

見た目が同じようなさなぎが羽も色も大きさもまったく異なる蝶に変貌するのだから、作品に登場する人物もまた場所と局面によって千変万化に変貌する。

『猫』の主人公の捨て猫、捨て猫の飼い主珍苦沙弥、迷亭、八木独仙、『幻影の盾』のウィリアム、『琴のそら音』の〈余〉、『一夜』の〈髯ある男〉、『薤露《かいろ》行』のランスロット、『趣味の遺伝』の〈余〉、『坊っちゃん』の〈俺〉などである。

＊　＊　＊

これまで、諸々の漱石の伝記・漱石論・批評、漱石自身の日記・書簡・講演をもとに漱石の全体像を書いた。しかし、その漱石の作品は筆者の出自・言語・体験とぶつかりあい、その飛び散った数々の断片を〝筆者がある意味を探し求めて、ある入れもの〟を持って集め、そしてこねくり回して作った筆者の像と重なっている。

であれば、第一部『猫』と第二部『坊っちゃん』と第三部『漾虚集』は、好悪が伴う「選択」と「配合」による（筆者註：漱石の「文学論」「文芸評論」参照）筆者のテキストである。このテキストが気に入らなかったら、皆さんは皆さん独自の漱石のテキストをつくってみればよい。気に入ったら私の選んだテキストを参考にすればよい。

したがって第一部と二部と三部を飛ばして、序章と終章を読んでそれから飛ばしたところに戻っていただいてもよい。終章を読んで序章を読んで下さってもよい。もちろんその逆でもよい。『猫』だけでもよい。『坊っちゃん』だけでもよい。意味がわかれば『漾虚集』の方がむしろ面白い。問題は〝意味と入れもの〟だが、読者の皆さんはそれも独自にそれぞれ見つけてほしい。

第一部
『吾輩は猫である』

〔一話〕吾輩は猫である。名前はまだない。どこで生れたか頓《とん》と見当がつかぬ。

何でも薄暗いじめじめした所でニャーニャー泣いて居た事だけは記憶している。吾輩はここで始めて人間というものを見た。然も後で聞くとそれは書生という人間の中で一番獰悪《どうあく》な種族であったそうだ。この書生の掌でしばらくよい心持に坐っていたが、そのうち書生が動くのか自分だけ動くのか無暗に眼が回る。

ふと気が付いてみると書生は居ない。沢山居った兄弟も一匹もいない。肝心の母親さえ姿を消してしまった。吾輩は藁の上から急に笹原の中へ棄てられたのである。吾輩は知らず知らずに人間臭い所に出た。縁というものは不思議なものである。もし竹垣が破れていなかったら、吾輩は餓死したかもしれない。今では吾輩の隣家の三毛を訪問する時の通路になっている。

吾輩が書生以外の人間で第一に逢ったのはおさんである。吾輩を見るなり首筋をつかまえて表に放り出した。吾輩はふたたびおさんのすきをみて台所に這いあがった。すると間もなく又投げ出された。同じことを四、五遍繰り返していると、この家の主人が「騒々しい、何だ」と言いながら出てきた。

「この宿無しの猫がいくら出しても台所に上がって来て困ります」とおさん。

主人は鼻の下の黒い毛をひねりながら吾輩の顔を眺めて「そんなら内に入れてやれ」と言って、奥に入ってしまった。吾輩は人間と同居して彼らを観察すればするほど我儘なものだと断言せざるを得ない。とくに一緒に寝る子供にいたっては言語道断である。逆さにしたり、袋をかぶせたり、放り出したりする。吾輩の方で少しでも手出しなどをすると家内総がかりで迫害を加える。

筋向うの白君などは人間ほど不人情なものはないと、逢う度に言っている。白君は先日玉の様な猫子を八匹生れたのに、そこの家の書生が三日目に裏の池へ持って行って八匹とも棄ててきたそうだ。白君は涙を流して話してくれた。白君は軍人の家に住んで居り、三毛君は代言《だいげん》（弁護士）の家に住んで居る。吾輩は教師の家に住んでいる。

主人は毎日学校へ行く。帰ると書斎に立て籠もる。人が来ると「教師は厭だ、厭だ」と言う。子供は感心に休まないで幼稚園に通う。帰ると唱歌を歌って毬をついて、時々、吾輩を尻尾でぶら下げる。

〔二話〕凡ての動物は直覚的に事物の適不適を予知する。

吾輩も一寸雑煮が食ってみたくなった。吾輩は猫ではあるが大抵のものを食う。あれは厭だ、これは厭だというのは贅沢な我儘で、到底教師の家にいる猫などの口にすべき所ではない。だから今雑煮が食いたくなったのも決して贅沢の結果ではない、何でも食べられる時に食っておこうという考えから主人の食い余した雑煮が台所に残って居はしまいかと思い出したからである。

餅は今朝見た通りの色で椀《わん》の底に膠着している。前足で上にかかっている菜っ葉をかき寄せる。爪を見ると引っかかってきてネバネバする。食うか食わぬかと辺りを見回すと、誰もいない。食うとすると今だ。もしこの機を逃すと来年までは餅というものの味を知らずに暮らさなければならない。

ここで吾輩は一の真理を発見した。「得難《えがた》き機会は凡ての動物をして、好まざる事をも敢えてせしむ」。吾輩は実をいうとそんなに雑煮を食いたくはないのである。この時もし御三《おさん》が勝手口を開けたなら、奥の子供の足音がこちらに近づいてきたら、吾輩は惜しげもなく椀を見棄てたろう。雑煮の事は来年まで念頭に浮ばなかったろう。

ところが誰も来ない。いくら躊躇していてもだれも来ない。早く早くと催促されるような気持ちがする。吾輩は椀の中を覗きみながら、早く誰か来てくれればいいと念じた。やはり誰も来てくれない。吾輩はとうとう雑煮を食わなければならぬ。最後に体全体の重量を椀の中に落とすようにしてアグリと餅の角をちょっとばかり食い込んだ。

大抵のものなら噛みきれるはずだが、もうよかろうと思って歯は抜こうとするが抜けない。餅は魔物だと気付いたときはすでに遅かった。この餅も主人の様に割り切れない。この苦悶の真っ最中、吾輩は次の「凡ての動物は直覚的に事物の適不適を予知す」という第二の真理を発見した。

すでに二つまでの真理に到達しているのに、魔物がくっついているのでちっとも楽にならない。はやく食い切って逃げないと御三がくる。子供もそろそろ台所にやって来るに違いない。煩悶の挙句《あげく》尻尾をぐるぐる振ってみるが何の効果もない。

ええ面倒だと両足一度に使うことにした。すると不思議なことに後ろ足で立つことができた。何だか猫でないような気がする。構うものか。魔物が落ちるまでやるべしと顔中引っ掻き回す。前足の運動が猛烈なので中心を失って倒れかかる。倒れかかる度に調子をとらなくてはならないから、台所中あちこち飛んで回る。第三の真理がたちまち浮んだ。

「危うきに臨めば平常なし能《あた》わざる所のものを為し能う。之を天祐という」。幸いに天祐をうけた吾輩が一生懸命に魔物と戦っていると、奥より足音の気配がする。ここで人に来られたら大変だと、いよいよ躍起になって台所を駆け回る。足音がだんだん近づいてくる。「あら猫が雑煮を食べて踊っている」と子どもが大声を発する。

この声を聞きつけた御三が「あらまあ」と飛び込んでくる。細君もやってきて「いやな猫ねえ」と言う。主人が書斎からでてきて「馬鹿野郎」と怒鳴った。「面白い、面白い」と喜んでいるのは子供だけである。そうして皆んなゲラゲラ笑っている。

五つの女の子が「お母様、猫も随分ね」と言ったのでまたまた大笑いする。この時ほど、恨めしく思ったことはない。ついに従来通りの四つん這いになって眼を白黒する醜態を演ずるまでに至った。「まあ餅を取ってやれ」と主人が御三に命じる。御三はもっと踊らせ様じゃありませんかという眼つきで細君をみる。

細君は踊りは見たいが殺してまで見る気はないので黙っている。「取ってやらんと死んでしまう。早く取ってやれ」と主人は御三をみる。御三は気のない顔して餅をつかんで前歯が折れるほどぐいと引く。餅の中へ堅く食い込んでいる歯を情け容赦なく引っ張るのだから堪らない。

吾輩が「凡ての安楽は困苦を通過せざるべからず」という第四の真理を経験して、キョロキョロと辺りを見回したときには、家人はすでに奥座敷に入ってしまっていた。

〈三話〉空間に生まれ、空間を究め、空間に死す。空たり間たり天然居士噫《ああ》。

今日は上天気の日曜なので主人は書斎から出てきて、吾輩の傍へ筆硯《ふですずり》をもって腹這いになり、しきりに唸っている。「香一炷《こういっしゅ》」と書き、そのまま書きっぱなしにして、次の行に「さっきから天然居士《てんねんこじ》のことを考えている」と筆を走らせた。しかし筆ははたと止まったきり動かない。

これでは文章でも俳句でもない。主人は又、行を改める。しばらく考えて「天然居士は空間を研究し、論語を読み、焼芋を食い、鼻汁を垂らす人である」と言文一致体で一気呵成に書いた。「ハ、、、面白い」と笑ったが、「鼻汁を垂らすのはちと酷だから消そう」と言ってその句の上に御苦労にも三本の線を引く。

　そこへ細君が「今月のお金が足りませんが……」と言って入ってくる。たとえばこんな話をしている。「あなたがパンを食べたり、ジャムを舐めたりするもんですから」「元来ジャムを何缶舐めたのかい」「今月は八つ入りましたよ」「八つ？　そんなに舐めた覚えがない」「あなたばかりじゃありません、子供も舐めます」「いくら舐めたって五、六円のものだ」と主人は鼻毛をぬいて、その鼻毛を一本、一本原稿用紙の上に植え付ける。

　鼻毛で細君を追い払った主人は、「焼芋を食うは蛇足だ」とこの句も削除する。「香一炷もあまりに唐突だからやめろ」と筆誅《ひっちゅう》する。残るは「天然居士は空間を研究し論語を読む人である」だけになってしまった。それから原稿用紙を裏返して「空間に生まれ、空間を究め、空間に死す。空たり間たり天然居士噫《ああ》」と書いているところに、迷亭が「何をやっているのか」と言ってはいってくる。

「天然居士というのは、君も知っている男だぜ」と主人。「一体誰が天然居士なんて名を付けて済まして居るんだ」と迷亭。

「また例の曾呂崎《そろさき》の事だ。卒業して大学院に入って空間論という題目で研究していたが、あまり勉強しすぎて死んでしまった。曾呂崎はあれでも僕の親友なんだからな」「しかしその曾呂崎を天然居士に変化させたのは一体誰の仕業だい」「僕さ、僕がつけてやったんだ」と主人。

「まあ、その墓碑銘という奴を見せたまえ」と原稿を取り上げて「なるほど善い」と迷亭。「善いだろう」と主人は嬉しそうだ。「この墓碑銘を沢庵石へ彫りつけて本堂の裏手へ抛り出して置くんだね。

天然居士も浮かばれる訳だ」と迷亭。「僕もそう思っているんだ。ところで、一寸失敬する。間もなく帰るから猫でもからかっていてくれたまえ」と表へ出て行く。

〔四話〕一度遣《や》った事は二度遣りたいもので、二度試みたことは三度試みたいのは人間にのみに限られる好奇心ではない。

例によって金田邸（向う筋の豪邸）に忍び込む。「例によって」とは「しばしば」を自乗した度合を示す語である。三度以上繰り返す時始めて習慣なる語が冠せられてこの行為が生活上の必要と進化するのもまた人間と相違ない。

なぜ人間は口から煙を吸い込んで鼻から吐き出すのか。腹の足しにも血の道の薬にもならないものを、恥ずかしげもなく吐呑《とどん》して憚《はばか》らない以上は、吾輩が金田家に出入りするのをあまり大きな声で咎め立てしてもらいたくない。金田邸は吾輩の煙草《たばこ》である。

忍び込むというと語弊がある。吾輩は金田邸に行くのは鰹《かつお》の切り身や目鼻が顔の中心に痙攣的に密着しているチン君と密談するためではない。——何探偵？——おおよそ世の中で何が賤しい家業だといって探偵と高利貸しほど下等な職はないと吾輩は思っている。そんなら何故忍び込むなんていう言葉を使うのかと問われるかもしれない。

そもそも吾輩の考えによると大空は万物を覆うため、大地は万物を載せるために出来ている。いかに議論を好む人間でもこの事実を否定するわけにはいくまい。ところでこの大空大地を製造するために彼ら人間は寸分の労力を費やしているかというに、手伝いもしていないではないか。自分が製造していないものを自分が所有と決める法はないだろう。自分の所有と決めても差支えないが、他の出入りを禁ずる理由はあるまい。

小賢しくも垣をめぐらし棒杭を立てて誰々の所有地などと画し限るのは、あたかも蒼天に縄張りして、この部分は我が天、あの部分は彼の天と届けるようなものだ。もし土地を切り刻んで一坪いくらの所有権を売買するなら、我等が呼吸する空気を一尺平方に割って切り売りしてもよいわけである。

空気の縄張りが不当なら地面の私有も不合理ではないか。如是観によって如是法を信じている吾輩はそれだからどこでも出かけていく。もっとも行きたくない所へは行かないが、志す方向へは東西南北の差別はない。金田邸（向う筋の豪邸）如きものに遠慮する訳がない。

しかし猫の悲しさは力づくでは到底人間にはかなわない。〝強勢は権利なり〟（＝力は正義なり、あるいはプラトンの『国家』にある〝正義とは強い者の利益に他ならない〟に由来）との格言さえあるこの浮世に存在する以上は、いかにこっちに道理があっても猫の議論は通らない。

無理に通そうとすると車屋の黒の如く魚屋の天秤棒をくらう恐れがある。理はこちらにあるが、権力が向こうにある場合には理を曲げて一にも二にも屈従するか、又は権力の眼を掠《かす》めて我が理を貫くかといえば、吾輩は無論後者を選ぶのである。

天秤棒は避けざる可からざる故に、忍ばざるべからず。人の邸へは入りこんで差支え無き故入りこまざるを得ず。これ故に吾輩は金田邸に忍びこむのである。

こうして忍び込む度が重なるにつけ、探偵する気はないが自然金田一家の事情が見たくもない吾輩の眼に映じて覚えたくもない吾輩の脳裏に印象を留めるに至るのは止むを得ないことである。

〈五話〉二四時間の出来事を洩《も》れなく書いて、洩れなく読むには二四時間かかる。

休養は猫といえども必要である。吾輩の目下の状態はただ休養を欲するのみである。のそのそと子供の布団の裾へ回って心地よく眠る。ふと眼を開いてみると主人はいつの間にか、書斎から寝室に来て細君の隣の布団の中に潜り込んでいる。

今夜も何かあるだろうと覗いて見ると、赤い薄い本が主人の口髭の先につかえるくらいの地位に半分開かれて転がっている。主人の左手の親指が本の間に挟まったままであることから、珍しく今夜は

五、六行は読んだものらしい。
細君は乳呑児《ちのみご》を一尺ばかり先に放り出して口を開いていびきをかいて枕を外《はず》している。およそ人間において何が見苦しいといって口を開けて寝るほど不体裁はあるまい。猫などは生涯こんな恥をかいたことはない。元来口は音を出すため、鼻は息を吐き息を吸うための道具である。

もう何時だろうとは部屋の中を見回すと辺りはしんとただ聞こえるのは柱時計と細君のいびきと下女の歯ぎしりをする音のみである。下女は生れてから今日まで歯ぎしりをしたことがありませんと決して直そうとはしない。世の中には悪い事をしていながら、自分はどこまでも善人だと考えているものがある。

台所の雨戸がトントンと二返ばかり軽く当たった。またトントンと当たる。ちょっと間をおいて今度はギーという音がする。これが噂の泥棒ではないかしら……。細君を見るとまだ口を開いてグーグー寝ている。足音は襖の音とともに縁側に出た。吾輩は冷たい鼻を擦り付けようと思って、主人の顔先へ持っていったら、主人は眠ったまま手をうんと伸ばして、吾輩の鼻づらをいやというほど突き飛ばした。鼻は猫にとって急所である。気絶しそうな痛さだ。

今度は仕方がないからニャーニャーと二返ばかり鳴いて起こそうとしたが、喉に物がつかえて思うような声がでない。やっと渋りながら低い奴を出した。肝心の主人は覚める気配がないのに泥棒の足音がし出した。ミチリミチリと縁側を伝わって近づいてくる。襖と柳行李《やなぎごうり》の間にしばし身を忍ばせ、しばらく様子を見てるうちにうとうとと眠ってしまった。

翌朝、巡査が来る。巡査と主人と細君の会話から、盗まれたのは帯と羽織と黒足袋《たび》と山芋一箱であることがわかった。巡査が帰ったあと、山芋の寄贈者の多々良三平君が玄関を開けて上がってくる。多々良君は元この家の書生である。今では法科大学を卒業してある会社の鉱山部に勤めている。細君と多々良君は一通りの挨拶をした後、「多々良さん、先達ては御親切に沢山有難う」と細君。「折れんように箱をあつらえて堅く詰めたから長いままでありましたろ」と多々良君「ところが、夕べ泥棒に取られてしまって」と細君。「馬鹿な奴ですなあ。そげん山芋の好きな男がおりますか?」と三平君。「ところで泥棒は山芋ばかり持って行ったんですか」「山芋ばかりなら困りませんが。普段着もみんな取っていきました」

「この猫が犬ならよかったのに、惜しいことをしたなあ。奥さん犬の太《ふと》か奴を是非一丁飼いなさい。猫は駄目ですばい。飯を食うばかりで……。ちっとは鼠でもとりますか」と多々良君。「一匹もとったことありません。本当に横着な図々しい猫ですよ」と細君。「いやそりゃどうもこうもありません。早々棄てなさい。私が貰っていって煮て食おうかしらん」「あら、多々良さん猫を食べるの」「食いました。猫は旨う御座います」「随分豪傑ね」と細君。

吾輩は猫を食う野蛮人がいる事はかねて聞いてはいたが、多々良君も同類であるとは夢にも知らなかった。いわんや、同君はもはや書生ではない。六ッ井物産会社の役員でもあるのだから吾輩の驚愕も一通りではない。人を見たら泥棒と思えという格言もあるが、人を見たら猫食いと思えとは多々良君の御蔭によって始めて知った真理である。

世に住めば事を知る。事を知るとは嬉しいが日に日に危険が多くて、日に日に油断がならなくなる。狡猾になるのも卑劣になるのも表裏に二枚合わせの護身服をつけるのも、皆事を知るの結果であって、事を知るのは年を取るの罪である。老人に碌なものがいないのはこの理だな、吾輩なども今のうちに多々良君の鍋の中で玉葱と共に成仏する方が得策かもしれんと、隅のほうで小さくなっていた。

そこへ細君と喧嘩していったん書斎に引き上げた主人がのそのそ茶の間に出てくる。「先生、泥棒に逢ったそうですね。なんちゅう愚かな事です」と主人を遣りこめる。「入る奴が愚なんだ」と主人。

「入る方も愚だばってんが、取られた方も賢くはなかごたる」

「しかし一番愚なのはこの猫ですばい。ほんにまあ、どういう了見じゃろう。鼠は取らず、泥棒が来ても知らん顔をしている。先生、この猫を私に呉《く》んなさらんか。こうして置いたっちゃ何の役にも立ちませんばい」と多々良君。

「やってもよい。何にするんだ」と主人。「煮て食べます」と多々良君。主人は猛烈なるこの一言をきいて、ふうと気味の悪い胃弱性の笑いを洩らしたが、別段の返事をしないので、多々良君も是非食べたいとも言わなかったのは吾輩にとって望外の幸福であった。

〔六話〕
昔から婦人に親友のいないもので立派な詩を書いたものはいない。

迷亭、寒月君、東風、吾輩の主人の四人が揃《そろ》ったところで、主人は「どうです、東風さん。近頃は傑作もありませんか」と聞く。「いいえ、別段にこれと言って御目にかけるほどのものもできませんが、近日詩集を出して見ようと思い稿本を持ってまいりましたので御批評願います」と門弟の東風。主人がもっともらしい顔をして拝見と言って見ると、第一頁に「世の人に似ずあえかに見え給う　富子嬢に捧ぐ」と書いている。富子嬢とは主人が大嫌いな金田邸の〝鼻子〟の一人娘である。

主人はしばらく無言のまま一頁を覗きこんでいるので、迷亭が横合いから「何だね、新体詩かね」と覗きこんで「東風君、思いきって富子嬢に捧げたにはえらい」としきりに誉める。主人は「東風さん、この富子というのは本当に存在している婦人なのですか」と聞く。

「この前、迷亭先生とご一緒に朗読会に招待した婦人の一人です。ついこの先のご近所に住んでいます。実はただ今詩集を見せようと思って一寸寄りましたが、あいにく先月から大磯に避暑に行って留守でした」と真面目くさって述べる。

「苦沙弥《くさみ》君（主人のこと）、これが二〇世紀なんだよ。早く傑作でも朗読するさ。しかし東風君、このあえかにという雅言《がげん》は全体何という意味だと思ってるかね」と迷亭。「かよわいとかたよわくという字だと思います」

「なるほどそうも取れん事もないが、本来の字義をいうと危う気にという事だぜ。だから僕ならこうは書かないね」と迷亭。「どう書いたらもっと詩的になりましょう」と東風。「僕なら、〝世の中の人に似ずあえかに見え給う富子嬢の鼻の下に捧ぐ〟とするね。わずかに三字のゆきさつだが鼻の下があるのないのとでは大変感じに相違があるよ」と迷亭。主人は無言のまま一頁をめくって第一章を読みだす。

倦《う》んじて薫《くん》ずる香裏《こうり》に君の
霊か相思の烟のたなびき
おゝ我、あゝ我、辛き此世に
あまく得てしか熱き口づけ

「これは少々僕には解せかねる」と主人は迷亭に渡す。「これは少々振い過ぎている」と迷亭は寒月に渡す。寒月は「なあゝる程」と言って東風君に返す。東風君は次のように解説する。「先生がお分りにならないのは御尤もです。一〇年前の詩界に比べると今日の詩界とは見違えるほど違っていますから。作った本人すら質問を受けて返答に窮することがあります。まったくインスピレーションで書くので詩人はその他には責任をもたないのです」

「先達って私の友人で送籍（漱石のこと）という男が一夜という短編を書きましたが、誰が読んでも朦朧として取り留めがつかないので、当人に逢ってとくと主意のある所を糺《ただ》したのですが、当人もそんなことは知らないよと言って取り合わないのです。全くその辺は詩人の特色かと思います」と東風君。

「詩人かも知れないが妙な男ですね」と主人。「馬鹿だよ」と迷亭。

「送籍は吾々の仲間のうちでも取除《とりの》けですが、私の詩もどうか心持ちその気で読んでいただきたいので。特にご注意いただきたいのはからきこの世と、あまき口づけと対をとった所が私の苦心です」と東風君。

主人は何を思ったのかふいと立ちあがって書斎の方に行ったが、やがて一枚の紙を持って出てくる。「東風君の御作を拝見したから、今度は僕の短文を読んで諸君の御批評を願おう」と本気である。「天然居士の墓碑銘ならもう二、三度拝聴したよ」と迷亭。「まあ、黙っていなさい。東風さん、これはほんの座興ですから聞いて下さい」と主人。「是非伺いましょう」と東風君。「寒月君も聞きたまえ」「長いものではないでしょう」「六〇字ほどさ」と苦沙弥先生いよいよ手製の名文を読み始める。


大和魂！　と叫んで日本人が肺病やみの様な咳をした。

大和魂！　と新聞屋が言う。大和魂！　と掏摸《すり》が言う。大和魂が一躍して海を渡った。英国で大和魂の演説をする。独逸で大和魂の芝居をする。

大和魂はどんなものかと聞いたら、大和魂さと答えて行き過ぎた。五、六間行ってからエヘンと言う声が聞こえた。

三角なものが大和魂か、四角なものが大和魂か。大和魂は名前の示す如く魂である。魂であるから常にふらふらしている。

誰も口にせぬ者はないが、誰も見たものはない。誰も聞いたことはあるが、誰も遇った者がない。大和魂はそれ天狗の類か。


三人はまだあとがある事と思って待っている。いくら待ってもうんとも、すんとも言わないので、寒月が「それぎりですか」と聞くと、主人は「うん」と答えた。

寒月君は東風君に「君はあの金田の令嬢を知っているのかい」と聞く。「この春朗読会へ招待してから、懇意になってそれからは始終交際している。僕はあの令嬢の前へ出ると、一種の感に打たれて、詩を作っても歌を詠んでも愉快に興が乗って出てくる。この詩集にも恋の歌が多いのは異性の朋友からインスピレーションをうけるからだろうと思う」

「それで僕はあの令嬢に対して切実に感謝の意を表しなければならんから、この機を利用して、わが集をささげることにしたのさ。昔から婦人に親友のいないもので立派な詩をかいたものはいないそうだ」と東風君。

〔七話〕真空を忌《い》む如く、人間は平等を嫌う。

吾輩は運動を始めた。猫の運動とは如何なる種類の運動かと不審を抱くものがあるかも知れんから一応説明しておく。第一に蟷螂《かまきり》狩りだ。次いで蝉《せみ》取りである。単に蝉といっても油蝉《あぶらぜみ》、みんみん蝉、おしいつくつくがある。油蟬はしつこくて厭だ。みんみんは偉そうで困る。ただ取って面白いのはおしいつくつくである。秋の初にこいつを取る。

博学なる人間に聞きたいが、あれはおしいつくつくと鳴くのか、つくつくおしいと鳴くのか、蟬の研究上少なからず関係があると思う。もっとも蟬取り運動上はどっちでもかまわない。最後に時々蟬に小便をかけられるときがある。飛ぶ間際に小便たれるのは一体どんな心理状態の生理的器械に及ぼす影響だろう。

やっぱりせつなさのあまりかしらん。或いは敵の不意に出でて、ちょっと逃げ出す余裕を作るためかもしれない。蟬がもっとも止まるのは青桐《あおぎり》である。青桐の葉は団扇《うちわ》のように大きいから蟬の姿が隠れて見えない。下から一間ばかりの所で青桐は二股になっているから、ここで一休みしてから葉の裏から所在地を探偵する。

もっともここまで来るうちに、がさがさと音を立て飛びだす連中がいる。一羽飛ぶともういけない。真似する点において蟬は人間に劣らぬくらい馬鹿である。後から続々と飛び出す。蟬とりの次は松滑りである。

蟬取りは蟬を取るために上るが、松滑りは登ることを目的にする。松ほど滑らないものはない。手懸りのいいものはない。足懸りのいいものはない。つまり爪懸りがよいのである。その爪懸りのいい幹へ一気呵成に上って駆け下る。

駆け下るには二通りある。一はさかさになって頭を地面に向けて下りてくる。一は上ったままの姿勢をくずさずに尾を下にして降りる。どっちが楽かは猫の爪がどっちに向いて生えているか考えれば、降りるには向いていないことがわかるであろう。吾輩はこの二の方法を混用してうまい具合に滑り下りる。

さて、運動中に照りつけられた毛ごろもは、秋の西日を吸収してほてって堪らない。毛穴から染み出す汗で毛の根に膏《あぶら》のようにねばり付く。背中がむずむずする。口の届くところなら噛むことができる。

こんな時には人間を見かけて矢鱈《やたら》とこすり付けるか、松の木の皮で摩擦するかの方法を取らないと安眠もできない。人間にこすりつける猫なで声の方法は、近来、吾輩の毛中に蚤《のみ》が繁殖するようになってから必ず首筋をもって抛りだされるので通用しなくなった。したがって松皮《しょうひ》摩擦法をやるより方法はない。

しかし松には脂《やに》がある。もしひとたび、毛の先へ付くものなら決して離れない。のみならず五本の毛にこびりつくが早いか、一〇本に蔓延する。一〇本やられたなと気が付くと、もう三〇本引っかかっている。かくしてこの二つの方法を実行できないとなると、病気になる可能性は大きい。

ふと思い出したことがある。うちの主人はときどき石鹸と手拭をもって飄然といずれかに出て行くことがある。三、四〇分して帰った所を見ると顔色が活気を帯びて晴れやかに見える。聞いてみると人間の暇つぶしに考え出された銭湯《せんとう》なるものだそうだ。

まず、様子を見るのが先決だと探索に出た。横町を左に折れると向うに高い煙突から薄い煙が立ち上っている。さて裏口から忍び込んでみると、左の方に松を割って八寸くらいにしたのが山のように積んであって、その隣に石炭が丘の様に盛ってある。

松薪と石炭の谷間を通り抜けて左に回って前進すると右手にガラス窓があって、その外に丸い小桶が三角形すなわちピラミッドのように積み重ねている。小桶の南側は四、五尺の間《あいだ》板があって、吾輩を迎えるかのようである。板の高さ地面から約一メートルだから飛び上がるのは御誂《おあつら》えである。

天下に何が面白いと言って、未だ食わざるものを食い、未だ見ざるものを見るほど愉快なことはない。もし吾輩のように風呂というものを見たことがないなら、親の死に目に逢わなくともいいから、これだけはぜひ見物するがよい。世界広しといえどもこんな奇観はまたとあるまい。

この硝子窓のなかにうじゃうじゃ、があがあ騒いでいる人間はみんな悉《ことごと》く裸体である。台湾の原住民である。その昔、自然は人間を平等なるものに製造して世の中に抛りだした。だからどんな人間でも生まれるときは裸である。人間の本性が平等であるならば、裸のまま成長してしかるべきだろう。

しかしおれはおれだと言う所が目につくようにしたい、それには何か人が見てあっと魂《たまげ》消るものを体に着けてみたい。何か工夫があるまいかと十年間考えて猿股を発明して威張ってそこら辺を歩いた。

かのデカルトさえ「余は思考す、故に余は存在す」という三つ子でもわかるような真理を考え出すの十何年かかったそうだ。猿股の発明に十年費やしたって車夫の知恵には出来過ぎると言わなければならない。これが車夫の先祖である。車夫の猿股が憎らしいと思った負けず嫌いの化物が羽織を作った。八百屋、呉服屋がこの発明家の末流である。

猿股期、羽織期の後に来るのが袴期である。これは〝何だ羽織の癖に〟と癇癪を起した化物の考案になるもので、昔の武士、今の役人などは皆この種族である。ついには燕の尾の奇形まで出現したが、皆、偶然に、出鱈目に、漫然に出来上がったものではない。皆勝ちたい勝ちたいの勇猛心が凝って〝おれは手前じゃないぞ〟と新形が生れたのである。

して見るとこの心理からして一大発見ができる。それはほかでもない。〝自然は真空を忌む如く、人間は平等を嫌う〟と言うことだ。然るに今、吾輩が眼下に見下ろした人間の一団体は、この脱ぐべからざる猿股も羽織も袴も悉く棚の上に置いて、無遠慮にも本来の狂態を衆目環視のうちに露出して平々然として談笑を恣《ほしいまま》にしている。

白い湯の方を見ると苦沙弥先生が左の隅に圧しつけられて真っ赤になっている。誰か路《みち》を開けて出してやればいいのに誰も動きそうにもなく主人も出ようとしない。湯槽のほうはこれぐらいにして今度は板間の方を見渡すと居るわ居るわ、絵にもならないアダムがずらりとならんでいる。そのなかでもっとも驚くべきは仰向けになって天井を見ているのと、腹這いになって溝の中を覗いている両アダムである。辺りは勝手なことをべらべら好き放題なことを言っている。

こんな具合で主人のことなどすっかり忘れていた。すると主人の図抜けて大きな声が聞こえてきた。「もっと下がれ、おれの小桶に湯が入ってくる」と怒鳴っているのは主人である。書生は後ろを振返って「僕はもとからここに居たんです」と大人しく答える。しかし主人の怒号は先刻から二人の書生がいやに高慢ちきな利いた風なことばかり並べていたので、腹を立てたのである。「何だ馬鹿野郎、人の桶へ汚い水をびちゃびちゃ跳ねかえす奴がいるか」と怒鳴《どな》り返す。今主人が踏んでいるところは敷居である。流しと板間の境にある敷居であって、当人はこれから〝歓言愉色、円転滑脱の世界〟（俗世間）に逆戻りしようと言う間際である。

その間際ですらこのように頑固であるならば、ほとんど病気に牢《ろう》として抜くべからざる病気に相違ない。病気なら容易に矯正する事は出来まい。この病気を癒す方法は校長に依頼して免職してもらうことである。免職になれば融通の利かない主人の事だからきっと路頭に迷う。路頭に迷えば野垂れ死にしなければならない。主人は死ぬのは大嫌いである。死なない程度において病気という贅沢をしたいのである。

つい主人の事が気になって流しの方の観察を怠っていると、「熱い、熱い」と声が吾輩の耳を貫く。その声は黄、赤、黒と互いに重なりかかって一種名状しがたい音響を浴場内に漲《みなぎ》らす。

やがてわーわーと言う声が混乱の極度に達して、これよりはもう一歩も進めぬという所まで張りつめられた時、突然、無茶苦茶に押し寄せ押し返している群の中から一大長漢がぬっと立ち上がった。彼の身の丈を見ると他の先生方より確かに三寸位は高い。のみならず顔から髭が生えているのか髭のなかに顔が同居しているのかわからない赤つらを反《そ》り返して、日盛りに破れ鐘をつくような声を出して「うめろうめろ、熱い、熱い」と叫ぶ。

この声とこの顔ばかりは、かの紛々と縺《もつ》れ合う群集の上に高く傑出して、その瞬間には浴場全体がこの男一人になったと思われるほどである。超人だ。ニーチェのいわゆる超人だ。魔中の大王だ。化物の棟梁だ。

と思って見ていると湯槽の後ろで「おーい」と答えたものがある。その声のほうに眸をそらすと、暗澹として物色もできぬ中に、ちゃんちゃん姿の三介が砕けよと一塊の石炭を竈《かまど》の中に入れるのが見えた。

竈の蓋をくぐってこの塊がぱちぱちと鳴るときに、三介の半面がぱっと明るくなる。同時に三介の後ろにある煉瓦の壁が闇を通して燃える如く光った。吾輩は少々物凄くなったから早々窓から飛び降りて家に帰る。帰りながらも考えた。

羽織を脱ぎ、猿股を脱ぎ、袴を脱いで平等になろうと力《つと》める赤裸々の中には、又赤裸々の豪傑が出て来て他の群小を圧倒してしまう。平等はいくら裸になったって得られるものではない。

〔八話〕逆上を重んずるのは詩人である。詩人に逆上が必要なる事は汽船に石炭が欠くべからざる様なものである。

事件は大概逆上から出るものだ。従ってのぼせを下げる工夫は大分発明されたが、のぼせを引き起こす良い方法が案出されないのは残念である。一概にのぼせは損あって益なき現象であるが、そうでない場合があるからやっかいだ。

というのは職業によって逆上はよほど大切なもので、逆上しないと何も出来ないことがあるからだ。そのなかでもっとも逆上を重んじるのは詩人である。詩人に逆上が必要なる事は汽船に石炭が欠くべからざる様なものである。しかし逆上は気違の異名で、気違にならないと家業が立ち行かないとあって、世間体が悪いから彼らの仲間では逆上をインスピレーションと呼ぶことにしているようだ。

プラトンは逆上家の肩をもってこの種の逆上を神聖なる狂気と号したが、いくら神聖でも狂気では人が相手にしない。矢張りインスピレーションという新発明の薬のような名を付けておく方が彼らのために良いと思う。

ある人はインスピレーションを得るために毎日渋柿二〇個ずつ食った。これは柿食えば便秘する。便秘すれば必ず起こるという理論からきたものである。

聞く所によればヴィクトル・ユゴーはヨットの上で寝転んで文章を考えたそうだ。スチーヴンソン（『宝島』、『ジキルとハイド氏』の著者）は腹這いになって小説を書いたそうだ。腹這いになってペンを持つときっと血が逆さに上ってくる。このようにいろんな人がいろんな工夫をしたが、まだ誰も成功していない。

逆上は普通の人間を、普通の人間の程度以上に吊し上げて、常識のあるものに、非常識を与えるものである。女だの、子供だの、車引きだの、馬子だのと、そんな見境いのあるうちは、未《いま》だ逆上家を以て人に誇るに足らん。

主人の如く庭にボールを拾いにきた中学一年生を生け捕って戦争の人質とする程の了見でなくては逆上家の仲間入りはできない。逆上家が自分で逆上家だと名乗る者は昔から例がすくない。少々変だなと悟った時は逆上の峠は過ぎている。

主人の逆上は昨日の中学生を吊し上げた時に最高度に達したのであるが、竜頭蛇尾に終わっている。いくら中学校の隣に居を構えたってこのように年中癇癪を起こし続けるのは変だ。やっぱり医者の薬でも飲んで癇癪の源に賄賂でも使って慰撫するより外に道はない。

鈴木の藤さんは金と衆とに従えと主人に教えた。懸りつけの医者甘木先生は催眠術で神経を沈めろと助言した。最後の珍客の哲学者は消極的な修養で安心を得よと説法した。主人がいずれを選ぶかは主人の随意である。ただ、このままでは通されないに極まっている。

〔九話〕吾の人を人と思うとき、他の吾を吾と思わぬ時、不平家は発作的に天降る。この発作的活動を名づけて革命という。

主人は痘痕《あばた》面である。御維新前《ごいっしんまえ》は痘瘡が大分流行ったものだそうだが、日英同盟の今日からみると、こんな顔はいさかか時候後れの感がある。実は主人は腕に種《う》え疱瘡をしたのがいつの間にか顔に伝染してしまったのである。

その頃は子供のころで痒い痒い言いながら無暗に顔中を引き掻いたそうだ。物心がついてからというものは主人はあばたについて心配しだして、あらゆる手術をつくして揉み潰そうとした。しかし歴然と残っている。この歴然が気にかかると見えて、主人は往来を歩く度ごとにあばたの面を勘定して歩くそうだ。

鏡といえば風呂場にあるに決まっている。現に吾輩は今朝風呂場でこの鏡を見た。この鏡というのは主人のうちにはこれより他に鏡はないからである。風呂場にあるべき鏡が書斎に来ている以上、主人が風呂場から持ってきたに相違ない。

元来、鏡というものは気味の悪いものである。広い部屋のなかで一人鏡を覗きこむのは余程の勇気がいる。主人のように一生懸命に見詰めている以上は自分で自分の顔が怖くなるに相違ない。しかし「なるほどきたない顔だ」と自己の醜さを自白するのはなかなか見上げたものだ。様子からいうと確かに気違の所作だが言うことは真理である。

凡て人間の研究というものは自己を研究するのである。天地といい、山川といい、日月といい、皆自己の異名に過ぎぬ。自己をおいて他に研究すべき事項は誰人《だれびと》にも見出し得ぬ訳だ。もし人間が自己以外に飛び出す事が出来たら、飛び出す途端に自己はなくなってしまう。しかも自己の研究は自己以外に誰もしてくれる者はない。それだから古来の豪傑はみな自力で豪傑になった。

右手に髭をつかみ、左手に鏡を持った主人のところに女中の御三が三通の郵便をもってきた。一通は華族からの義捐金の依頼である。二通目は裁縫学校の校長からの校舎建築費を捻出するめ『裁縫秘術綱要』を出版したので、その購入の懇願書である。

三通目は封筒が紅白のだんだらで、珍野苦沙弥先生虎皮下と八文体で認《したた》めている。一通目は無視し、二通目は丸めて屑籠に放り込み、三通目は天道公平という何か説教めいた郵便である。一通り読んだ後、机の上において考え込んでいる。さて、その三通目の郵便にはいったいどんなことが書かれているのか。後半の部分を抜粋する。

人を人と思わざれば畏る、所なし。人を人と思わざるものが、吾を吾と思わざる世を憤るは如何《いかん》。権貴栄達の士は人を人と思わざるに於て得たるが如し。只他の吾を吾と思わぬ時に於て怫然として色を作《な》す。任意に色を作《な》し来れ。馬鹿野郎……

吾の人を人と思うとき、他の吾を吾と思わぬ時、不平家は発作的に天降る。此発作的活動を名づけて革命という。革命は不平家の所為《しょい》にあらず。権貴栄達の士が好んで産する所なり。朝鮮に人参多し先生何が故に服せざる。

在巣鴨　天道公平　再拝

主人は「意味深長だ。よほど哲理を研究した人に違いない」と賞賛する。そんなところに迷亭が静岡の伯父を連れてやってきた。迷亭の伯父はしばらくの間、気焔をあげて迷亭を残して帰った。「あれが君の伯父さんか」「あれが僕の伯父さん」「精神の修養を主張するところなど大いに敬服する」「何だか八木独仙のようなことを云ってるね」

「君、独仙の説を聞いたことあるのかい」「聞いたの、聞かないのって、あの男の説ときたら十年前学校に居た時分と少しも変わらない」「しかしあの時分より大分えらくなった様だよ」「君、近頃あったのかい」「一週間前に長い間話をして居った」「どうりで独仙流の消極説を振り回すと思っていたよ」「実は僕も大いに奮発して修養をしようと思っているんだ」

「僕は禅坊主だの、悟ったのは大嫌いだ。独仙も一人で悟って居ればいいのだが、ややもすると人を誘いだすから悪い。現に独仙の御蔭で二人ばかり気狂にされているからな」「誰が」「誰がって、一人は理野陶然《りのとうぜん》さ。独仙の御蔭で鎌倉に出かけて行って、とうとう気狂いになってしまった。円覚寺の前の踏切り内に飛び込んでレールの上で座禅をはじめた。汽車をとめるつもりなんだね。もっとも汽車は止まってくれたから一命をとりとめたが、そのかわり今度は火に入って焼けず、水に入って溺れぬ金剛不壊《こんごうふえ》の体だと号して寺の蓮池に入ってぶくぶく歩きまわったもんだ」

「死んだか」「いや死んだのは腹膜炎だが、腹膜炎になった原因は麦飯や万年漬けを喰ったせいだから、詰まるところ独仙が殺した様なものさ」「立町老梅《たちまちろうばい》君も同じようなものさ。あの男も鰻《うなぎ》が天上《てんじょう》する様な事ばかり言って居たが、とうとう本物になって仕舞った」

「何の事だい、それは」「僕の家に来てあの松の木へカツレツが飛んできやしませんかの、僕の国でも蒲鉾が板に乗って泳いで居ますのって、しきりに警句を吐いたものさ。君、表のどぶへ金とんを掘りに行きましょうと促すにいたっては、僕も降参したね。其れから二、三日経ってついに巣鴨へ収容されて仕舞った」

「へえ、今でも巣鴨に居るのかい」「居るんじゃあない。自大狂《じだいきょう》で一人気焔を吐いて居る。近頃は立松老梅なんて名はつまらないと云うので、自ら天道公平と号して、天道の権化を以て任じて居る。すさまじいものだよ。ちょっと行って見たまえ」

主人は少なからず尊敬をもって繰り返して読誦した書簡の差出人が狂人であると知ってから、熱心と苦心が何だか無駄骨に思え、腹立たしくもあり、恥ずかしくもあり、狂人の作にこれほど感服する以上は、自分も多少神経に異常がありはせぬかとの疑念もあるので、立腹と慚愧と心配の合併した状態で落ち着かない気持ちになった。迷亭が帰ってからそこそこに晩餐を済まして、また書斎に引き上げた主人は次のように考え始めた。


自分が文章の上に於て驚嘆の余、是こそ大見識を有している偉人に相違ないと思い込んだ天道公平事実名立町老梅は純然たる狂人であって、現に巣鴨の病院に起居している。迷亭の記述が棒大のざれ言にもせよ、彼が瘋癲院中に盛名を擅《ほしいま》まにして天道の主宰を以て自ら任ずるは恐らく事実であろう。

こういう自分も事に因ると少々御座っている（筆者註：いかれている）かも知れない。同気相求め、同類相集まると云うから、気狂の説に感服する以上は、自分もまた気狂に縁の近い者であるだろう。これは大変だ。

まだ幸に人を傷けたり、世間の邪魔になる事をしでかさんから矢張り町内を追い払われずに、東京市民として存在して居るのではなかろうか。こいつは消極の積極のと云う段じゃない。と思うと、今日来たフロックコートの迷亭の伯父さん、あれも少々怪しい。寒月はどうだ。朝から晩まで珠ばかり磨いている。これも棒組（筆者註：かごかき、仲間）だ。迷亭？　あれは全く陽性の気狂に違いない。金田君の妻君。あの毒悪な根性は全くの常識をはずれている。

こう数え立ててみると大抵のものは同類の様である。ことによると社会はみんな気狂の寄り合いかも知れない。気狂が集合して鎬《しのぎ》を削ってつかみ合い、いがみ合い、罵り合い、奪い合って、その全体として細胞のように崩れたり、持ち上がったり、崩れたりして暮らしていくのを社会と云うのではないか。その中でも多少理屈がわかって、分別のある奴はかえって邪魔になるから、瘋癲院というものを作って、ここへ押し込めて出られない様にするのではないかしらん。

すると瘋癲院に幽閉されているものは普通の人で、院外にあばれて居るものは却って気狂である。気狂も孤立して居る間はどこまでも気狂にされて仕舞うが、団体となって勢力が出ると、健全の人間になって仕舞うのかもしれない。大きな気狂が金力や威力を乱用しておおくの小気狂を使役して乱暴を働いて、人から立派な男だと云われている例は少なくない。何が何だか分からなくなった。

〔一〇話〕人間にせよ動物にせよ、己《おのれ》を知るのは生涯の大事である。

人間にせよ動物にせよ、己を知ることは生涯の大事である。己を知ることが出来さえすれば人間も猫より尊敬を受けてよろしい。其時は吾輩もこんないたずらを書くのはすぐ已《や》めて仕舞うつもりだ。しかし人間は生意気な様でも矢張り、どこか抜けている。

武右衛門という自分の名前を友人に貸して艶書《ラブレター》を自分の名で送られた教え子が退校処分になるではないかと心配して主人の所に訪ねてきた。「実は……その困った事になっちまって……」「何が？」「何がって、甚だ困るもんですから、来たんです」「だからさ、何が困るんだよ」「浜田が貸せ、貸せと言うもんですから……」「浜田というのは浜田平助かい」「え、」「下宿料でも貸したのかい」「何そんなものを貸したんじゃありません」「じゃ何を貸したんだい」「名前です」「浜田が送ったのかい」「浜田じゃないんです」「じゃ誰が送ったんだい」「誰だか分からないんです」「名前だけが僕の名なんです」

己を知る事ができさえすれば、人間も人間として猫より尊敬を受けてよい。しかし自分で自分の鼻の高さが分からないと同じように、自己の何物かはなかなか見当がつきにくい。ところで古井武右衛門君が退校になろうが、主人の日常には何ら影響がない。

見ず知らずの人のために眉をひそめたり、鼻をかんだり、嘆息するのは決して自然の傾向ではない。人間がそんなに情け深い、思いやりのある動物であるとは甚だ受け取りにくい。つまり誤魔化しの表情であり、この誤魔化しをうまくやれる人間ほど世間から珍重される。

冷淡は人間の本来の性質であって、その性質をかくそうと力《つと》めないのは正直な人である。隣の部屋で嬉しがって聞いている女連（細君と姪）にとって武右衛門君が困るのが有り難いのである。諸君、女に向かって「あなたは人が困るのを面白がって笑いますか」と聞いてご覧。聞かれた人はこの問いをした者を馬鹿というだろう。

侮辱したと思うのは事実かも知れないが、人が困るのを笑うのも事実である。これから私の品性を侮辱する様な事を自分でしてお目にかけますから、何とか言っちゃいやよと断るのと同じである。

こんな事柄をつらつらと吾輩が考えているところに寒月君が現れた。この様子ではいつまで嘆願しても到底見込みがないと思った武右衛門君は偉大なる頭蓋骨を畳の上に押し付けて暗に決別の意を表した。主人は「帰るかい」と言った。武右衛門君は悄然として薩摩下駄を引きずって門をでた。

「先生、ありゃ生徒ですか」と寒月君。「うん」「大変大きな頭ですね」「頭の割にはできないがね」「しかし今の様子では、何だか非常に元気ないじゃありませんか」「今日少し弱っているんだよ。馬鹿な奴だよ」「どうしたんです」「金田の娘に艶書を送ったんだ」「あの大頭がですか、近頃の書生はえらいもんですね」「それが、冗談でしたんだよ。あの娘がハイカラで生意気だから、三人が共同してからかってやろうと……」

「三人が一本に手紙で……。一人前の西洋料理を三人で食うようなものじゃありませんか」と寒月君。「ところが手分けがあるんだ。一人が文書を書く、一人が投函する。一人が名前を貸す。で今きたのが名前を貸した奴なんだがね。これが一番愚だね。しかも金田の娘の顔を見た事がないって言うんだぜ」と主人。「そりゃ、近来の大出来ですよ。あの大頭が女に艶書をおくるなんて面白いじゃありませんか」と寒月君。

「だって、君が貰うかもしれない相手だぜ」「なに、金田だって構やしません」「それはそれとして、当人があとになって急に良心に責められて僕に相談に来たんだ」「何と言ってやったんです」「本人は退校になるんでしょうかって、それを一番心配しているのさ」

「何で退校になるんです」と寒月君。「そんな悪い、不道徳な事をしたから」と主人。

「なに、不道徳という程でもありませんやね。金田じゃ名誉に思ってきっと吹聴していますよ」と寒月君。「まさか」と主人。

「とにかく可哀想ですよ。あんなに心配させせちゃ。ありゃ頭は大きいが人相はそんなに悪くはありません。鼻なんかぴくぴくさせて可愛いですよ」と寒月君。「君も随分呑気なことを言うね」と主人。

「何、これが時代風潮です。先生は昔風だから、何でも難しく解釈するんです」と寒月君。「しかし知りもしない所へ、艶書を送るなんて丸で常識を欠いて居るじゃないか」と主人。

「いたずらは大抵常識を欠いていまさぁ。救って御やんなさい。あの様子じゃ華厳の滝へ出かけますよ」と寒月君。「そうだな」と主人。

「そうなさい。もっと分別のある大僧共がそれ所じゃない。あんな子を退校させるなら、そんな奴等を片っ端から放逐でもしなくっちゃ不公平ですよ」と寒月君。

「それもそうだね」と主人。「どうです。上野の虎の鳴き声を聞きに行くのは」と寒月君。「虎かい」と主人。

「聞きに行きましょう。今日は是非一緒に散歩しようと思って来たんです」と寒月君。

「そう。それじゃ出ようか」と主人。

二人は一緒に出掛けた。あとでは細君と姪の雪江さんが遠慮のない声でゲラゲラ、けらけら、から

〔一〇話〕
人間にせよ動物にせよ、己を知るのは生涯の大事である。

からと笑っていた。

〔二一話〕日月を切り落とし、天地を粉韲《ふんせい》して不可思議の太平に入る。吾輩は死ぬ。

さすが呑気な連中も「大分遅くなったもう帰ろうか」と、まず独仙君が立ち上がる。続いて「僕も帰る」と口々に玄関を出る。主人は夕飯を済まして書斎に入る。

吾輩も猫と生れて人の世に住む事もはや二年越しになる。主人は早晩胃病で死ぬ。金田のじいさんは欲でもう死んでいる。秋の木の葉も大概落ちた。死ぬのが万物の定業《じょうごう》で、生きて居てもあんまり役に立たないなら、早く死ぬ丈が賢いかもしれない。

諸先生の説に従えば、人間の運命は自殺に帰するそうだ。油断をすると猫もそんな窮屈な世に生まれなくてはならなくなる。恐るべき事だ。なんだか気がくさくさする。三平君のビールでも飲んでちと景気でもつけよう。

勝手に回る。秋風にがたつく戸が細目にあいている間から吹き込んだと見えてランプはいつの間にか消えているが、月夜と思われて窓から影がさす。コップが盆の上に三つ並んで、その二つに茶色の水が半分ほどたまっている。

硝子《がらす》の中のものは湯でも冷たい気がする。唇をつけぬ先からすでに寒くて飲みたくもない。しかしものは試しだ。三平などはあれを飲んでから、真っ赤になって熱苦しい息遣いをした。猫だって飲めば陽気にならん事もあるまい。

どうせいつ死ぬか知れぬ命だ。何でも命のあるうちにして置くことだ。死んでからああ残念だと墓場の影から悔やんでも追いつかない。思い切って勢いよく舌をいれてぴちゃぴちゃやって見ると驚いた。なんだか舌の先が針でさされたようにピリピリとした。

人間は口癖のように〝良薬口に苦し〟といって風邪などひくと、顔をしかめて変なものを飲む。飲むから治るのか、治るのに飲むのか疑問であったが、ちょうど幸いだ。まあ、どうなるか、運を天にまかせて、ふたたび舌を出してぴちゃぴちゃ始めた。ようやく一杯のビールを飲み干した時、妙な現象が起こった。

一杯目を片付ける時分には、もう大丈夫と二杯目はなんなくやっつけた。それからしばらくの間は自分で自分の動静を窺《うかが》うため、じっとすくんでいた。次第にからだが暖かくなる。眼のふちがぽうっとする。耳がほてる。歌が歌いたくなる。主人も迷亭も独仙も糞食らえという気になる。妻君の鼻を食い欠きたくなる。面白いと外に出たくなる。御月様今晩はと挨拶したくなる。

陶然とはこんなことをいうのだろうかと思いながら、あてもなく、そこかしこと散歩するような、

〔一一話〕
日月を切り落とし、天地を粉齏して不可思議の太平に入る。

しない様な心持で、しまりのない足をいい加減に運ばせてゆくと、何だかしきりに眠い。眠っているのだか、歩いているのだか判然としない。眼はあける積りだが重いこと夥《おびただ》しい。こうなればそれまでだ。

海だろうが、山だろうが驚かないんだと、前足をぐにゃりと前に出したと思う途端、ぼちゃんと音がして、はっといううち――やられた。どうやられたのか考える間がない。ただやられたなと気がつくか、つかないかにあとは滅茶苦茶になってしまった。

我に返ったときは水の上に浮いている。苦しいから爪で矢鱈に掻いたが、掻けるものは水ばかりで、掻くとすぐ潜ってしまう。仕方がないから後ろ足で飛び上がっておいて、前足で掻いたら、がりがりと音がしてわずかに手ごたえがあった。ようやく頭だけ浮くからどこだろうと見回すと、吾輩は大きな甕の中に落ちている。

この甕は夏まで水葵《みずあおい》（ミズナギとも、八月から一〇月にかけて青紫の花が咲く）と称する水草が茂っていたが、その後烏の勘公が来て葵を食いつくした上に行水を使う。行水を使えば水が減る。減れば来なくなる。近頃は大分減って烏が見えないなと思ったが、吾輩自身が烏の代わりにこんな所で行水を使おうとは思いもしなかった。

水から縁までは五寸余り（約一五センチ）もある。足をのばしても届かない。飛び上がっても出られない。呑気にしていれば沈むばかりだ。もがけばがりがりと甕に爪が当たるのみで、当たった時は、少し浮く気味だが、滑ればたちまちぐうっともぐる。もぐれば苦しいから、すぐがりがりをやる。そのうちからだが疲れてくる。

その時、苦しいながらこう考えた。こんな呵責に逢うのはつまり甕から上に上がりたいばかりの一心である。上がりたいのは山々であるが上がれないのは知れ切っている。吾輩の足は三寸に足らぬ。よし水の面に体が浮いて、浮いた所から思う存分前足をのばしたって、五寸にある甕の縁に爪のかかり様がない。

甕のふちに爪のかかり様がなければいくら掻いても、焦っても、百年の間身を粉にしても出られっこない。出られないとわかり切っているものを出ようとするのは無理だ。無理を通そうとするから苦しいのだ。つまらない。自ら求めて苦しんで、自ら好んで拷問にかかっているのは馬鹿げている。もうよそう。勝手にするがいい。がりがりはこれ限りに御免蒙るよ、と前足も、後足も、頭も尻尾も自然に任せて抵抗しないことにした。

次第に楽になってくる。苦しいのだか有難いのだか見当がつかない。水の中に居るのだか、座敷に居るのだか判然としない。どこにどうしていても差し支えない。ただ楽である。否、楽そのものすら感じ得ない。〝日月を切り落とし、天地を粉韲《ふんせい》して（粉々にすること）不可思議の太平に入る〟。吾輩は死ぬ。死んでこの太平を得る。太平は死ななければ得られぬ。南無阿弥陀仏、々々々々々々。有難い々々々。

〔一一話〕
日月を切り落とし、天地を粉韲して不可思議の太平に入る。

第二部
『坊っちゃん』

〔一章〕

親譲りの無鉄砲で小供の時から損ばかりして居る。小学校に居る時分学校の二階から飛び降りて一週間程腰を抜かした事がある。なぜそんな無闇をしたと聞く人があるかも知れぬ。別段深い理由でもない。新築の二階から首を出して居たら、同級生の一人が冗談に、いくら威張っても、そこから飛び降りる事は出来まい。弱虫やーい。と囃したからである。

学校の小使いに負ぶさって帰って来た時、親父が大きな眼をして腰をぬかす奴があるかと言ったから、この次は抜かさず飛んでみせますと答えた。

親類のものから西洋製のナイフを貰って友達に見せていたら、一人が光ることは光るが切れそうもないから切ってみろと注文したから、何だ指ぐらい、この通りだと右の手の親指の甲をはすに切りこんだ。幸いナイフが小さいのと、親指が堅かったので、今だに親指は手についている。しかし傷痕《きずあと》は死ぬまで消えぬ。

親父はちっともおれを可愛がってくれなかった。母は兄ばかり贔屓《ひいき》にしていた。母が死んでからは親父と兄と三人で暮らしていた。親父は人の顔さえ見れば「貴様は駄目だ駄目だ」と口癖のように言っていた。

ある時、兄と将棋をさしていたら、卑怯な待駒をしておれが困るのを嬉しそうに冷やかした。あんまり腹が立ったから手にもっていた飛車を眉間に叩きつけてやった。眉間から少々血がでたので、親父は俺を勘当すると言いだした。

下女の清が泣きながらあやまってくれた。清は十年来の我が家の召使いであったが、由緒ある出のものであったそうだ。維新の時に零落してついに奉公する身になったと聞いている。時々、清は人の居ない台所で、「あなたは真っ正直でよい気性だ」と嬉しそうにおれを眺めた。

清は母が死んでからおれをいっそう可愛がった。自分の小遣いで金鍔《きんつば》や紅梅焼を買ってくれる。寒い夜には蕎麦湯をもってきてくれる。鍋焼うどんや靴足袋、鉛筆、帳面も買ってくれた。そして俺が貸せとも言わないのに小遣いまでくれた。

清はおれがきっと将来出世して立派になると思い込んでいた。清が余り「なる、なる」と言うから、ある時「どんなものになるだろう」と聞くと、「車に乗って、立派な玄関のある家をこしらえるにちがいない」と言った。

母が死んで六年目に親父は卒中で亡くなった。その年の四月におれは私立の中学校を卒業し、六月に兄は商業高校(今の一ツ橋大学の前身)を卒業した。兄は九州の支店に、おれは神田小川町に下宿した。兄は家を売って財産を片付けた。清は「あなたがもう少し年をとっていたら、御相続が出来ますのに」としきりに口説いたが、おれは詳しい事は何も知らない。

〔一章〕
親譲りの無鉄砲で小供の時から損ばかりして居る。

おれは清に「これからどうするのだ」と聞くと「あなたが家をもって、奥さまをお貰いになるまでは甥の厄介になる」と言う。清の甥は裁判所の書記をしていた。九州へ出発する二日前、おれの下宿に訪ねてきた兄は「これを資本にして商売なり、学資にして勉強するなり、好きなように使うがよい」と言って六〇〇円をおれに渡した。

おれは兄のやり方に感心した。礼を言ってもらっておいた。兄は五〇円を出して「これを清に渡してくれ」と言うから、異議なく引き受けた。二日後、新橋の停車場で別れたきり、兄には一度も会っていない。

おれは六〇〇円を三で割って一年に二〇〇円あれば、三年間一生懸命勉強すれば何かはできると思った。どこの学校に入ろうかと考えたが、学問はどれも好きではない。ことに語学とか文学とかは真平御免だ。幸い物理学校（東京理科大の前身）の前で生徒募集の広告をみて入学の手続きをした。

学校の成績は下から勘定する方が早い。どうにか卒業してから八日目に校長から呼出しがあって行ってみたら「四国辺にある中学校で数学の教師がいる。月給は四〇円だが、行ってはどうか」と言う。引き受けた以上は赴任しなければならない。下宿も引き払わなければならない。東京以外に踏み出したのは、同級生と一緒に鎌倉に遠足した時である。

今度は鎌倉どころではない。地図で見ると海浜《かいひん》で針の先ほど小さい。いよいよ出発という三日前に清を訪ねた。北向きの三畳に風邪を引いて寝ていた。おれを見て起き直るが早いか「坊ちゃん、いつ家をお持ちなさいます」と聞く。「田舎に行くんだ」と言うと、非常に失望した様子で胡麻塩の髪をしきりに撫でた。

「何か見やげを買ってきてやろう。何がほしい」と聞いてみたら「越後の笹飴が食べたい」と言う。「俺の行く田舎には笹飴はなさそうだ」と言って聞かしたら「そんなら、どっちの見当です」と聞き返す。「西の方だよ」と言うと「箱根の先ですか」と聞く。
出立の日、停車場のプラットホームで汽車に乗り込んだおれの顔をじっと見て、「もうお別れになるかも知れません。存分御機嫌よう」と小さな声で言った。目に涙がいっぱいたまっている。おれは泣かなかった。しかしもう少しで泣く所であった。汽車が動きだしてから、もう大丈夫だろうと思って、窓から首を出して振り向いたら、やっぱり立っていた。何だか大変小さく見えた。

〔二章〕
ぷうと云って汽船がとまると、艀《はしけ》が岸を離れて、漕ぎ寄せて来た。船頭は真っ裸に赤ふんどしをしめている。野蛮な所だ。

尤もこの熱さでは着物はきられまい。日が強いので水がやに光る。見詰めて居ても眼がくらむ。事務員に聞いてみるとおれは此所《ここ》へ降りるのだそうだ。見た所では大森位な漁村だ。人を馬鹿していらあ、こんな所に我慢が出来るものかと思ったが、仕方がない。

到着した時から俺は喧嘩腰である。磯に立つ鼻たれ小僧に「中学校はどこだ」と聞いたが「知らんがのう」と言う。ぼんやりした気の付かぬ田舎者だ。車《くるま》を雇って中学校に来たが、放課後でだれもいない。その足で宿泊先の山城屋に着いた。

風呂に入ってしばらくたつと下女が御膳をもってきた。下女が給仕しながらどちらからお出でになったかと聞くから東京から来たと答えた。すると東京はよい所でしょうというので「当たり前だ」と言ってやった。

膳を下げた下女が台所へ行ったところ、大きな笑い声が聞こえる。くだらないから、すぐ寝たが、熱い上に騒々しい。うとうとしているうちに清の夢を見た。清が越後の笹飴を笹ぐるみ、むしゃむしゃ食っている。笹は毒だからよしたらどうだというと、この笹が御薬だとうまそうに食っている。

こんな狭い暗い部屋に押し込んだのも茶代をやらないからだろう。田舎者のくせに人を見くびったな。俺は学資の余りを三〇円ほどもって東京を出た。汽車と汽船の切符代と雑費を差し引いてもまだ一四円残っている。みんなやったってこれから月給がもらえる。

五円もやれば驚いて目を回すに決まっている。

夕べの下女が膳を持ってきた。給仕をしながらにやにや笑っている。失敬な奴だ。飯を済ませてからにしようと思っていたが、癪にさわったから中途で「後で帳場に持って行け」と五円札を渡した。

学校長に挨拶にいった。校長は顔の黒い眼の大きな狸のような男だ。「生徒の模範になれの、学問以外に個人に徳化を及ぼす教育者になれ」などと法外な注文をする。そんなえらい人が月給四〇円ではるばるこんな田舎にくるもんか。

俺は嘘をつくのは嫌だから「到底、あなたの仰る通りにはできません。この辞令は返します」と言ったら、校長は「今のは希望である。あなたが希望通りに出来ないのはわかっている。心配しなくてよい」という。

校長が教頭以下の教員を紹介するというので、校長について教員控所に入った。こっちは一度で済むのに同じ動作を一五人の教員に繰り返さなければならない。挨拶した中に教頭のなにがしというのがいた。文学士だそうだ。この熱いのにフランネルの赤シャツを着ている。古賀という顔色の悪い英語の教師がいた。

それから同じ数学の教師で堀田という毬栗《いがぐり》坊主で叡山《えいざん》の悪僧のような男がいた。〝山嵐〟というあだ名をつけてやった。また「御国はどちらでげす」「私も江戸っ子です」などという画学の教師がいた。こんなのが江戸っ子なら江戸なんかに生まれたくないもんだと思った。

山城屋に戻ると帳場のおかみさんが、急に飛び出して来て板の間に頭を擦り付けて「御帰り」という。靴を脱いで上がると、下女が御座敷が空きましたからと二階の一五畳の大きな床の間がついている部屋に案内した。浴衣《ゆかた》一枚に着替えて座敷の真中で大の字になって寝た。

昼飯を食ってから清が心配しているだろうとできるだけ長い手紙を書いた。「今日は学校に行って皆にあだ名をつけてやった。校長は狸、教頭は赤しゃつ、英語の教師はうらなり、数学は山嵐、画学はのだいこ。今に色々な事を書いてやる。左様なら」

昼寝の途中、山嵐がやってきた。明日からの授業の相談が終わると、山嵐が「こんなところにいたら月給でおいつかないぞ」と言うので、山嵐の紹介で町はずれの主人が骨董を売買する銀という家に下宿することに決めた。山嵐は帰りに通町で氷水を一杯奢った。いろいろ世話するところをみるとわるい男ではなさそうだ。

〔三章〕おれは卑怯な人間ではない、臆病な男でもないが、惜しい事に胆力が欠けて居る。先生と大きな声をされると、腹の減った時に丸の内で午砲《どん》を聞いた様な気がする。

二時間目に教員控所を出た時には何だか敵地に乗り込む様な気がした。一番前の列の真中に座って居た、一番強そうな奴が、いきなり起立して先生と云う。そら来たと思いながら何んだと聞いたら「あまり早くて分からんけれ、まちっと、ゆるゆる遣《や》って、おくれんかな、もし」と云った。

おれは江戸っ子だから君たちの言葉はつかえない、分からなければ分かるまで待つがいいと答えてやった。この調子で二時間目も思ったよりうまくいった。ただ帰りがけに生徒の一人が「ちょっとこの問題を解釈しておくれんかな、もし」と出来そうもない幾何の問題を持って迫ったのには冷や汗を流した。

仕方がないから「何だかわからない。この次教えてやる」と云って急いで引き揚げたら、生徒の「出来ん、出来ん」という声が聞こえた。「今度はどうだ」と山嵐が聞く。うんと云ったが、うん丈では済まないから「この学校の生徒は分からずやだな」と云ってやった。山嵐は妙な顔をしていた。

それから毎日毎日学校へ出ては規則通りに働く。一週間ばかりしたら学校の様子も一通りは呑み込めたし、宿の夫婦の人物の大概も分かった。その内学校もいやになった。ある日の晩、大町という所を散歩していると、郵便局の隣りに蕎麦《そば》と書いて、下に東京とある。

おれは蕎麦が大好きだ。一杯食おうと思い中に入った。値段付の第一号に天麩羅とあるので、「おい、天麩羅もってこい」と大きな声を出した。すると向うの隅に三人かたまって、何かちゅうちゅう食っていた連中がおれの方を見た。暗いのでよくわからないが、学校の生徒である。生徒が挨拶したからおれも挨拶した。

翌朝、教室に入って驚いた。黒板一杯に大きな字で天麩羅先生と書いている。天麩羅食って可笑しいかと云うと、「しかし四杯は過ぎるぞな、もし」と云った。十分経って次の教室に入ると「天麩羅四杯也。しかし笑うべからず」と黒板に書いている。

狭い都にすんで外に何も芸がないからといって、天麩羅事件を日露戦争の様に触れ散らかすんだろう。憐れな奴等だ。君らは卑怯という意味を知っているかと云うと、「自分のしたことが笑われて怒るのが卑怯じゃろうが、もし」と云う。やな奴だ。それからまた次の教室に行くと、「天麩羅食うと減らず口が利きたくなるもの也」と書いている。あんまり腹が立ったので生意気な奴は教えないと云って下宿に帰った。

一晩寝たら癇癪が治まった。それから三日ほど何もなかった。四日目に城下町から十分位の所で温泉や遊郭がある住田というところで団子を二皿食って七銭払った。翌日、学校に行って、一時間目の教室にはいると「遊郭の団子旨い、旨い」と書いてある。団子が済んだと思ったら、こんどは「赤手拭」が評判になった。

おれはここに来てから、毎日住田の温泉に行くことにしている。温泉だけは立派なものだ。行くときは必ず西洋手拭の大きな奴をぶらさげていく。この手拭が湯に染まってちょっとみると、紅色に見える。

湯の中に誰もいないときは、運動のために湯の中で泳ぐと愉快だ。大きな札で湯のなかで泳ぐべからずとかいて貼り付けてある。みるとこの札はおれのために新調したのかもしれない。だから泳ぐのは断念したが、学校へ出てみると黒板に「湯のなかで泳ぐべからず」とある。

〈四章〉手前の悪いことは悪かったと言って仕舞わないうちは罪は消えない

もんだ。悪いことは、手前たちに覚えがあるだろう。

おれが寝るときは頓《とん》と尻持をつくのは子供のときからの癖だ。この宿直部屋は二階じゃないから、いくら、どしんと倒れても構わない。あ、愉快だと足を伸ばすと、何だか両足に飛びついた。毛布をぱっと蹴ると布団の中からバッタが五、六〇飛びだした。

枕でいくら叩きつけても効き目がない。いくら力をだしてもぶつかる先が蚊帳《かや》の先だから手応えがない。ようやく三十分ばかりでバッタを退治した。小使《こづか》いを呼んで始末させた。

おれは早速、寄宿生を三人ばかり代表として呼び出した。すると六人出てきた。「何でバッタなんか、おれの床の中に入れた」「バッタた何ぞな」と真ん前の生徒。やに落ち着いて居やがる。この学校じゃ、曲がりくねっているのは校長ばかりじゃない。

「バッタを知らないのか。知らなきゃ見せてやる」と云ったが、小使いが片づけている。小使に十匹ほど持ってこさせる。一番左の方に居た顔の丸い奴が「そりゃ、イナゴぞなもし」とおれをやり込める。「ベランボウめ、イナゴもバッタも同じもんだ。第一先生に向かってなもした何んだ」「なもしと菜飯は違うぞな、もし」と云う。

「イナゴでもバッタでも、何でおれの床の中へ入れたんだ。おれがいつ、バッタを入れてくれと頼んだ」「誰も入れやせんがな」「入れないものが、どうして床の中に居るんだ」「イナゴは温《ぬく》い所が好きじゃけれ、大方一人で御這入りしたのじゃろう」

けちな奴等だ。証拠さえ挙《あ》がらなければ、しらを切る積りで図太く構えている。おれだって中学にいたころは少しはいたずらをした。しかし誰がしたと聞かれた時には、尻込みをするような卑怯な事はただの一度もしなかった。

おれはこんな腐った了見の奴等と談判するのは胸糞が悪いから「中学校へ入って上品も下品も区別が出来ないのは気の毒なもんだ」と云って六人を追っ払ってやった。おれは言葉や様子こそあまり上品じゃないが、心はこいつらよりはるかに上品なつもりだ。

それを思うと清なんてのは見上げたものだ。人間としてすこぶる尊い。清はおれの事を欲がなくって、真っ直ぐな気性だと云ってほめるが、ほめられるおれよりも、ほめる本人の方が立派な人間だ。何だか清に逢いたくなった。

清のことをあれこれ考えていると、突然、頭上で三、四十人ぐらいだろうか、二階が落っこちるほど、どん、どん、どんと拍子をとって床板を踏み鳴らす。本来なら寝てから後悔して朝までにあやまりにくるのが本筋だ。

どうするか見て居ろと、階段を三股半に二階まで躍り上った。すると急に静まり返り人声どころか足音もしなくなった。廊下の真中で考え込んでいると、月のさしている向うのほうで一二三わあと、三、四十人の声がかたまって響いたかと思うと一同は拍子をとって床板を踏み鳴らした。

おれは月明かりの方にむかって駆け出した。廊下の真中ほどまで来たかと思うと、堅い大きなものにいやというほど向脛《むこうずね》をぶつけた。あ痛いが頭に響く間に身体《からだ》が前に抛りだされた。するともう足音も人声も静まり返った。

立ち上がって戸をあけて中に居る奴を引っ張り出そうと押しても引いても開かない。鼻たれ小僧にからかわれて泣き寝入りしたと思われれちゃ一生の名折れだ。これでも元は旗本だ。旗本の元は清和源氏で、多田満仲《まんじゅう》の後裔だ。こんな土百姓とは生れからして違うんだ。

おれは廊下の中にあぐらをかいた。さっきぶつかった向脛をなでるとなんだかぬらぬらする。血が出ているんだろう。そのうちうとうとと寝てしまった。何だか騒がしいので目が覚めると、おれの坐っていた右側のドアが半分あいて生徒が二人、おれの前に立っている。

おれはおれの鼻の先にある生徒の足をひっつかんで力ませにぐいと引いた。そいつはどたりと仰向けに倒れた。そいつをおれの部屋まで連れてきて詰問した。どこまでも知らぬ存ぜぬである。そのうち一人二人と宿直室に集まってくる。

おれが五十人ほどを相手に約一時間ほど押し問答していると狸がやってきた。校長は一通りおれの説明を聞いた。生徒の言い草もちょっと聞いて、寄宿生をみんな放免した。手ぬるい事だ。おれなら即席に寄宿生を退校にしてしまう。こんなだから生徒が宿直員を馬鹿にするんだ。

校長はしばらくおれの顔を見て「顔が少し腫れていますよ」と云う。なるほど何だか少々重たい感じがする。その上べた一面痒い。蚊がよっぽど刺したに違いない。おれはぼりぼり顔中掻きながら、「顔はいくら腫れたって、口はたしかにきけますから、授業に差し支えません」と答えた。校長は大分元気ですねと褒めた。実を云うと誉めたんじゃなく、ひやかしたんだろう。

〔五章〕一体釣りや猟をする連中はみんな不人情な人間ばかりだ。不人情でなくって、殺生をして喜ぶ訳がない。魚だって、鳥だって殺されるより生きてる方が楽に極まっている。

君釣りにいきませんかと赤シャツがおれに聞いた。赤シャツは気味の悪い様に優しい声を出す男である。まるで男だか女だかわかりゃしない。男なら男らしい声を出すもんだ。ことに大学卒業生じゃないか。物理学校でさえおれぐらいの声が出るのに、文学博士がこれじゃみっともない。

高慢ちきな赤シャツの事だから下手だから行かないとか、嫌いだから行かないとか邪推するに違いない。おれは「行きましょう」と答えた。おれは家に帰り支度をしてから停車場で赤シャツと野田と待ち合わせて浜に行った。

船頭は一人で舟は東京辺では見たこともない格好である。さっきから船中見渡しても釣竿がない。釣竿なしで釣りができるものか、どうする了見だろうと野田に聞くと、「沖釣りには竿は用いません。糸だけでげす」と玄人じみたことを云う。こうやりこめられる位ならだまって居れば宜かった。

船頭はゆっくりゆっくり漕いでいるが、浜が小さく見えるくらい沖に出ている。向う側を見ると青島が見える。赤シャツはしきりにいい景色だと云っている。野田は絶景でげすと相槌を打っている。絶景だか何だか知らないが、広々とした海で潮風に吹かれるのは楽だ。いやに腹が減る。「あの松を見給え、幹がまっすぐで上が傘のように開いているターナーの画にありそうだね」と赤シャツ。「まったくターナーですね。ターナーそっくりですよ」と野田。おれはターナーとは何の事だか知らないが黙っていた。

するとと野田が「どうです教頭、これからあの島をターナー島と名づけようじゃありませんか」と余計な発議をする。赤シャツはそいつは面白い。これからそうしようと賛成した。我々のうちにおれも入るなら迷惑だ。おれには青島で沢山だ。

船頭はここいら辺がいいだろうと船を止めて錨をおろした。おれも赤シャツに云われた様に浮《うき》なしで錘《おもり》と糸を放り込んでいい加減に指の先であやつっていた。しばらくすると、何だかぴくぴくと糸にあたるものがある。釣れたとぐいぐい手繰り寄せると金魚のような縞のある魚が浮き上がってくる。「一番槍は御手柄だが、ゴルキじゃ」と野田。「ゴルキと云うと露西亜の文学者みたいな名だね」と赤シャツ。「まるで露西亜の文学者ですね」と野田。赤シャツと野田は懸命に釣っていたが、約一時間ばかりのうちに二人で十五、六匹ほどのゴルキを上げた。おれはあの生臭い魚一匹でもうこりごりだったので、さっきから仰向けになって大空を眺めて居た。すると二人は何かひそひそ話し始めた。

おれは空を見ながら清のことを考えていた。清をつれてこんな綺麗な所へ遊びに来たらさぞ愉快だろう。清は御婆さんだがどんな所へ連れて出たって恥ずかしくない。野田の様なのは、馬車に乗ろうが、船に乗ろうが、到底寄り付けたものではない。こんなことを考えていると、「バッタ」とか「天麩羅」とか「堀田、煽動」とか「団子」とかおれの耳に切れ切れに聞こえてくる。「もう帰ろうか」と赤シャツ。「ええちょうどいい時分ですね。今夜はマドンナの君にお逢いですか」と野田。「馬鹿あ云っちゃいけない、間違いになると、船べりに身を持たした奴を起こす事になる」と赤シャツ。「エヘ、、、大丈夫ですよ」と野田が振り返った時、おれは皿のような眼を野田の頭の上にまともに浴びせ掛けてやった。野田はまぶしそうに引っ繰り返って、や、こいつは降参だと首を縮めて、頭を掻いた。何という猪口才だろう。

港屋の二階に灯が一つついて、汽車の笛がヒューと鳴るとき、おれの乗って居た船は磯の砂へざくりと、舳《へさき》を突っ込んで動かなくなった。御早う御帰りと、かみさんが、浜に立って赤シャツに挨拶する。おれは船端《ふなばた》からやっと掛声をして磯へ飛び降りた。

〈六章〉

親切は親切、声は声だから、声が気に入らないって、親切を無にしちゃ筋が違う。夫《それ》にしても世の中は不思議なものだ。虫の好かない奴が親切で、気の合った友達が悪漢《わるもの》だなんて、人を馬鹿にして居る。

ここへ来たとき第一番に氷水を奢ったのは山嵐だ。しかし一銭だろうが五厘だろうが、詐欺師の恩になっては、死ぬ迄心持がよくない。明日学校へ行ったら、一銭五厘返しておこう。おれはここまで考えたら、眠くなったからぐうぐう寝てしまった。

翌朝、例刻より早く出校して山嵐を待ち構えた。うらなりが出てくる。漢学の先生が出てくる。野田が出てくる。終いには赤シャツまで出てきたが、山嵐の机の上は白墨が一本寝ているだけで閑静なものだ。

おれはうちを出るときから一銭五厘を手に握っていたから一銭五厘が汗をかいている。汗をかいている銭を返しちゃ、山嵐が何というだろうと思ったから、机の上へおいてふうふう吹いてまた握った。

そこへ赤シャツが来て昨日は失敬、迷惑でしたでしょうと云ったから、迷惑じゃありません、お蔭で腹が減りましたと答えた。すると赤シャツは山嵐の机に肘をついて、あの円い平たい顔をおれの鼻先に持ってきて「きみ昨日帰りがけに船の中で話したことは秘密にしてくれたまえ。まだ誰にも話しやしますまいね」と云った。

おれは教頭に向かって「まだ誰にも話さないが、これから山嵐と談判する積りだ」と云ったら、「君そんな無法なことをしちゃ困る。僕は堀田君の事を別段君に何も明言した覚えがないんだから。僕は非常に迷惑する」と云う。

授業の都合で一時間目は少し後れて、控所に帰ったら山嵐もいつの間にか来ている。おれの顔を見るや「君の御蔭で遅刻したんだ。罰金を出したまえ」と云ったので、おれは「先達《せんだっ》て通り町で飲んだ氷水の代金だ」と云って一銭五厘を山嵐の机の上に置いた。山嵐は「詰まらない冗談はするな」と云って銭をおれの机の上に掃《は》き返した。「返すと言ったら、返すんだ」とおれ。

「氷水の代は受け取るが、下宿は出てくれ」と山嵐。「出ようが出まいがおれの勝手だ」とおれ。「そうはいかない。実はあすこの亭主が君に出てもらいたいと云っているんだ。その訳を聞いたらもっともだ。念のため今朝あすこに寄って詳しい話を聞いてきたんだ」山嵐。

山嵐もおれに劣らぬ癇癪持ちだから負けずに大声を出す。ほかの連中はみんなおれと山嵐を見て、顎《あご》を長くしてぼんやりしている。野田だけは面白そうに笑っている。おれの大きな眼が、貴様も喧嘩する積りかと云う権幕で、野田の干瓢《かんぴょう》面を射貫いた時に、野田は突然真面目な顔になった。そのうち喇叭《らっぱ》が鳴った。山嵐もおれも喧嘩を中止して職員室を出た。

会議室は校長室の隣にある細長い部屋で平常は食堂の代わりになる。「もう大抵は御揃いでしょうか」と校長。唐茄子《とうなす》のうらなり君だけが来ていない。野田は山嵐に話しかけるが山嵐は一向に応じない。そこにうらなり君が見えた。

「では会議を開きます」と狸。「不幸にして今回またかかる騒動を引き起こしたのは、深く諸君に陳謝……。善後策について腹蔵のない事を参考のために御述べ下さい」と狸。

ところが誰も口を開くものがない。博物の教師は屋根にとまっている烏を眺めて居る。漢学の先生は目の前のメモ用紙を畳んだり延ばしたりしている。

おれはじれったくなったので大いに弁じてやろうと思って尻を半分上げかけたら、赤シャツが何か言い出した。「私も寄宿生の乱暴を聞いて甚だ不行届であり、かつ平等の徳化が少年に及ばなかったことを深く恥じるのであります。……。でもとより処分法は校長の御考にある事です。なるべく寛大な処置を御取計願いたいと思います」

続いて「校長及び教頭の御説は徹頭徹尾賛成いたします」と野田。無性に腹が立ち腹案がないまま「徹頭徹尾反対です。そんな頓珍漢な処分は大嫌いです。一体生徒が全然悪い。退校させて構いません」とおれ。「教頭の仰せられる通り、寛大な方に賛成です」と博物の教師。左隣りの漢学は穏便説に賛成、歴史も教頭に賛成という具合に大抵は赤シャツ党だ。

するとと今まで黙っていた山嵐が「私は教頭及びその他の諸君の御説には全然不同意であります」と長広舌を披露してどんと腰を下ろしたが、ふたたびしてまた立って「当直の宿直員が外出して温泉に行かれた様であるが、もってのほかです。咎めるものがないのを幸いに場所もあろう温泉などに行くなどと云うのは大失態である」と云ってのけた。

〔七章〕世の中はいかさま師許《ばか》りで、御互に乗せっこをして居るのかも知れない。いやになった。

おれは即夜下宿を引き払った。出た事は出たが、どこへ行くと云うあてもない。とうとう鍛治屋町へ出て仕舞った。うらなり君がこの町に住んでいる。よさそうな下宿を教えて呉れるかも知れない。一度来たことがあるので、ここら辺だろうと見当をつけて御免、御免と二度ばかり云うと奥から品のよい五〇歳前後の婦人が出てきた。きっとうらなり君のお母さんだろう。実はこれこれだから、うらなり先生に御目にかかりたいと玄関まで呼び出してもらった。

うらなり先生は心当たりがないわけでもないと云って、おれを連れて行ってくれた。その夜から荻野の家の下宿人となった。その下宿の御婆さんからおれはマドンナの正体を知ることができた。

マドンナは古賀先生（うらなり君）の婚約相手であったが、うらなり君の父が亡くなったのち、赤シャツが横取りしたのである。そのことで堀田先生（山嵐）が談判に行ったので、以来、二人は仲違いになったというわけである。

「赤シャツと山嵐はどっちがいい人ですか」とおれ。「山嵐て何ぞもし」と御婆さん。「山嵐と云うのは堀田のことですよ」とおれ。「そりゃ強い事は堀田さんの方が強そうじゃけれど、赤シャツさんは学士さんじゃけれ、働きはある方ぞな、もし。優しい事も赤シャツさんの方が優しいが、生徒の評判は堀田さんの方がええというぞなもし」「つまりどっちがいいんですかね」とおれ。「つまり月給の多いほうが偉いのじゃろうがなもし」

それから二、三日して学校から帰ると、御婆さんが清からの手紙を持ってきた。極めて長い手紙である。「すぐ返事をしようと思っていたが、風邪を引いてつい遅くなった。甥に代筆を頼もうと思ったが自分で書くことにした。わざわざ下書きを一遍してから、それを清書した。清書するには二日かかったが、下書きするのに四日かかった」
「坊っちゃんは竹を割ったような気性だが、癇癪が強すぎてそれが心配になる。他の人に無暗にあだ名なんかつけるのは人に恨まれるもとになるから、矢鱈に使っちゃいけない。もしつけたら、清だけに手紙で知らせろ。田舎者は人が悪いそうだから、気をつけて酷《ひど》い目に逢わないようにしろ。坊っちゃんの手紙はあまりに短すぎて様子がよくわからないから、この次はせめてこの手紙の半分ぐらいの長さのを書いてくれ」
「宿屋へ茶代を五円やるのはいいが、田舎に行って頼りになるのはお金ばかりだからなるべく倹約して万が一の時に差し支えないようにしなくちゃいけない。御小遣いがなくて困るかもしれないから、為替で一〇円上げる。先達てもらった五〇円は坊っちゃんが東京に帰ってうちをもつときの足しにと思って郵便局に預けて置いたが、この一〇円差し引いても四〇円あるから大丈夫だ」

〔八章〕
議論のいい人が善人とは限らない。遣《や》りこめられる方が悪人とは限らない。人間は好き嫌いで働くものだ。論法で働くものじゃない。

〔八章〕
議論のいい人が善人とは限らない。遣りこめられる方が悪人とは限らない。

赤シャツが野芹川の土手でマドンナを連れて散歩なんかしている姿をみたから、おれはそれ以来、赤シャツは曲者《くせもの》だと決めつけた。一銭五厘以来、山嵐はおれと口を利かない。机の上へ返した一銭五厘は未だに机の上に乗っている。

おれは無論手が出せない。山嵐は決して持って帰らない。この一銭五厘が二人の間の障壁になって、おれは話そうと思っても話せない。おれと山嵐には一銭五厘が祟った。仕舞には学校へ出て一銭五厘を見るのが苦になった。

ある日のこと、赤シャツが一寸君に話があるから僕の家に来てくれないかと云う。赤シャツは一人ものだが立派な玄関を構えている。赤シャツの話によると、おれが学校にきてから前任者の時よりも成績が上がったという。校長もいい人を得たと喜んでいるという。そして「学校でも信頼しているのだから、その積りで勉強してほしい」と赤シャツは云う。

「へえ、そうですか、勉強って今より勉強はできませんが……」とおれ。「今の位で十分です。ただ先達てお話しした事ですね、あれを忘れずに居て下さればいいのです」「下宿の世話なんかするものあ剣呑だという事ですか」「そこで君が今の様に頑張ってくだされば、待遇のほうも多少はどうにかなるだろうと思うのですがね」「俸給ですか。上がれば上がったほうがいいですね」

「それで今度転任者が一人できるから、その俸給から少し融通ができるかもしれないから、校長に話してみようと思うんですがね」と赤シャツ。「誰が転任するんですか」とおれ。「実は古賀君です」「古賀さんはここの人じゃありませんか」「少し都合があって……半分は当人の希望です」と赤シャツ。「どこへ行くんです」「日向の延岡で、土地が土地だから一級俸上って行くことになりました」「誰が代わりにくるんですか」「代わりも大抵きまっているんです。その代りの具合で君の待遇上の都合もつくんです」と赤シャツ。

「今より時間が増すんですか」「今より減るかも知れませんが……」「時間が減って、もっと働くんですか、妙だな」「まあ、つまり君にもっと重大な責任を持って貰うかも知れないという意味なんです」

帰ってからおれは考え込んだ。「日向の延岡とは何の事だ。延岡といえば山の中も山の中も大変な山の中だ。赤シャツの云うところによると、船から上がって一日馬車に乗って、宮崎へ行って、宮崎からまた一日車に乗らなくては着けないそうだ。名前を聞いてさえ、開けた所とは思えない」

下宿に帰って「御婆さん、古賀さんは日向へ行くそうですね」とおれ。「本当に御気の毒じゃがな、もし」「御気の毒だって、好んで行くんなら仕方がないですね」「好んでいくて、誰がぞなもし」「誰がぞなもしって、当人がさ」「そりゃあなた、大違いの勘五郎ぞなもし」

「だって赤シャツがそう云いましたぜ」「教頭さんがそう云うのももっともじゃが、古賀さんの行きともないのも尤もぞなもし」「一体、どういう訳なんです」「今朝古賀のお母さんが見えて、訳を御話したがなもし」

「あすこも御父さんが亡くなられてから、暮らし向きが豊かにならず御困りじゃけれ、それでお母さんは校長先生に、もう四年も勤めているものじゃけれ、どうぞ毎月頂くものを、今少し増やしておくれんかてて、あなた」

「校長先生が考えてみようと云いたげな。しばらして校長先生が一寸来てくれと古賀さんに御云いるけれ、行ってみると、気の毒だが学校は金が足りんけれ。しかし延岡になら空いた口がある。そっちなら毎月五円余分にとれるから、御望み通りでよかろうと思って手続きにしたから行くがええと云われたげな」と御婆さん。

「それじゃ命令じゃありませんか」とおれ。「左様、古賀さんはよそへ行って月給が増すより、元のままでもええからここに居りたい。屋敷もあるし、母もいると御頼みたけれど、もうそう決めたあとで、古賀さんの代わりは出来て居るけれ仕方がないと校長が御云いたげな」

おれは小倉の袴をつけてまた出かけた。例の大きな玄関で頼むと云うと、例の弟が出てきて来客中だと云う。足元をみると畳付きの薄っぺらな駒下駄がある。御客は野田に違いない。

赤シャツが玄関に出てきて、まあ上がり給えと云う。「ここで沢山です。ちょっと話せばいいんです。ぼくの給料を上げるという御話お断りします」とおれ。赤シャツは判断しかねたと見えて突っ立ったままである。「あの時承知したのは、古賀君が自分の希望で転任すると聞いたからです」

「古賀君は自分の希望で半ば転任するんです」と赤シャツ。「違います。ここに居たいんです」「君は古賀君からそう聞いたのですか」「いや、当人から聞いたんじゃありません」とおれ。「じゃ誰から御聞きです」「僕の下宿の婆さんが、古賀さんの御母さんから聞いたのをぼくに話したのです」とおれ。

「あなたの仰る通りだと、下宿屋の御婆さんの云うことは信じるが、教頭の云うことは信じないと云う様に聞こえるが、そういう意味に解釈して差し支えないでしょうか」と赤シャツ。おれはちょっと困った。文学士流にこう切り付けられると受け止めにくい。

「とにかく増給は御免こうむります」「君がわざわざここに来たのは、増俸を受けるに忍びない理由を見出したからであるが、その理由が僕の説明でわかったにもかかわらず増俸を拒まれるのは矛盾しませんか」と赤シャツ。
「とにかく断わります」「そんなら強いてとまで云いませんが、二、三時間のうちに特別な理由もなしに豹変しちゃ、将来君の信用にかかわる」「かかわっても構わないです」「そんなことはない筈です。よしんば今一歩譲って、下宿の主人が……」「主人じゃない、御婆さんです」「いやならいやでもいいですが、もう一返よく考えてみませんか」
ここへ来た最初から赤シャツは何だか虫が好かなかった。途中で親切な女見た様な男だと思い返したことがあるが、それは親切でも何でもなさそうなので、反動の結果今じゃよっぽど厭になっている。だから先がどれほど論理的にしゃべっても、そんな事は構わない。議論のいい人が善人とはきまらない。遣りこめられる方が悪人とは限らない。「あなたの云うことは御尤もですが、ぼくは増給がいやになったんですからお断わりします。左様なら」

〔九章〕
「君はどこの産だ」と山嵐、「おれは江戸っ子だ」とおれ。「君はどこだ」とおれ、「僕は会津だ」と山嵐。

〔九章〕
「君はどこの産だ」と山嵐、「おれは江戸っ子だ」とおれ。

うらなり君の送別会があると云う日の朝。山嵐が突然、「君に大変失敬した。勘弁してくれたまえ」と謝罪をした。というのは、おれの下宿していた骨董屋の主人いか銀は、よく偽筆や偽落款《らっかん》を押し売りしていることがわかったからである。主人はおれに商売をしようとしたがおれが取り合わないので、おれの悪口を言って下宿をでるように山嵐に告げ口したのであった。

おれは何にも云わずに、山嵐の机の上にあった一銭五厘をおれの蝦蟇口《がまぐち》のなかに入れた。山嵐は「それを引っ込めるのか」と聞くので、「うん」と云った。「それなら何故早くとらなかったんだ」と山嵐。「取ろう、取ろうと思っていたが、なんだか妙だからそのままにしておいた。このところ学校へ来て一銭五厘を見るのが苦になるほどだった」と答えた。

山嵐は「君はよっぽど負け惜しみの強い男だ」と云う。おれは「君はよっぽど強情張《ごうじょっぱ》りだ」と答えてやった。「今日の送別会に行くのかい」とおれ。「行くとも、君は？」「おれは無論行く。古賀さんが立つ時は、浜まで見送りに行こうと思っているんだ」と山嵐。「とにかく、送別会へ行く前に一寸相談があるからおれの下宿に寄ってくれないか」

山嵐は約束通りおれの下宿に寄った。おれは送別会の席上で大いに演説でもしてやりたいと思っていたが、大きな声の山嵐を雇って赤シャツをとっちめてやろうと思ったのである。

おれは山嵐にマドンナ事件を説明したが、マドンナ事件はおれより山嵐の方がよく知っているので、野芹川の話をして「あれは馬鹿野郎だ」と云うと、山嵐は「君は誰でも馬鹿呼ばわりする、今日は学校で自分のことを馬鹿だと云ったじゃないか。自分が馬鹿なら赤シャツは馬鹿じゃない」と主張する。おれは「それじゃ赤シャツは腑抜けの呆助だ」と云ったら山嵐は賛成した。

例の増給事件の話を山嵐にすると、山嵐はふふんと鼻から声を出して「それじゃ僕を免職する考えだな」と云った。「君は免職になる気か」と聞くと「誰がなるものか、自分が免職になるなら、赤シャツも一緒に免職させてやる」と威張っている。「どうして一所に免職させる気か」と聞くと、「そこはまだ考えていない」と云う。

山嵐は強そうだが、知恵はあまりなさそうだ。おれが増給を断った話をしたら、「流石《さすが》江戸っ子だ、えらい」と云って誉めてくれた。

「今度の事件は赤シャツがうらなり君を遠ざけて、マドンナを手に入れる策略だろう」とおれ。「無論そうだ。あいつは大人しい顔して、奸計をめぐらす悪《わる》だ。鉄拳制裁したい」と瘤だらけの腕をまくって見せた。ちょっとつかんでみろと云うので、指の先でもんでみたら、湯屋の軽石のようであった。

「君どうだ、今夜の送別会に大いに飲んだあと、赤シャツと野田を殴ってやらないか」と面白半分におれが云うと、「今夜はよそう。どうせ殴るならあいつらの悪い所を見計って殴ってやる」とおれよりは考えがある。

「じゃ演説をして古賀君を大いに褒めてくれないか。おれだと江戸っ子のべらべらになって重みがない。決まった場所にでると喉に大きな球（玉）があがって来て言葉がでなくなるんだ」とおれ。「妙な病気だな。じゃ君は人中じゃ口は利けないいんだね、困るだろう」と聞くから、「何そんなに困りゃしない」と答えた。

そうこうするうち時間が来たから、山嵐と連れ立って送別会場に向かった。会場は花晨亭《かしんてい》と云って当地で第一等の料理屋だが、おれは一度も足を踏み入れたことはない。もとの家老とかの屋敷を買い

〔九章〕
「君はどこの産だ」と山嵐、「おれは江戸っ子だ」とおれ。

入れて料理屋にしたのだと云う。家老の屋敷が料理屋になるのは、陣羽織を縫いなおして、胴着《どうぎ》にする様なものだ。

〔一〇章〕

人があやまったり詫びたりするのを、真面目に受けて勘弁するのは正直すぎる馬鹿と云うんだろう。あやまるのも仮にあやまるので、勘弁するのも仮に勘弁するのだと思ってれば差し支えない。もし本当にあやまらせる気なら、本当に後悔する迄叩きつけなくてはいけない。

祝勝会で学校は休みだ。狸は生徒を引率して、おれも職員の一人としてくっついて行く。町に出ると日の丸だらけだ。生徒は子供の上に生意気で職員がついて行ったって何の役にも立たない。規律を破らなくては生徒の体面にかかわると思っている連中だ。日本人はみな口から先へ生れるのだから、いくら小言を云ったって聞きっこない。

生徒はあやまったのは心から後悔してあやまったのではない。校長から命令されて、頭をさげただけである。商人が頭ばかり下げて狡い事をやめないのと同じで、生徒も謝罪はするがいたずらは決してやめるものではない。よく考えてみると、世の中はみんなこの生徒の様なものから成立して居るかも知れない。

祝賀会は頗る簡単なものであった。旅団長が祝詞を読む。知事が祝詞を読む。参列者が万歳をする。それでおしまいだ。余興は午後からと云うので、ひとまず下宿に帰って清に手紙を書くことにした。「今度はもっと詳しく書いてくれ」と清は云うので、あれやこれやと書くことが多く浮んできて、終いには投げ出してしまった。

しかしこんな遠くまで来て清の身の上を案じているのだから、おれのこころは清に通じている筈だ。通じていれば手紙なんか書く必要がない。やらなければ無事に暮らしていると思っているだろう。

下宿の庭の蜜柑もそろそろ食べどきだと思っているところに山嵐がやってきて、牛肉をもって座敷の真中へ抛り出した。すぐ御婆さんから鍋と砂糖を借りて煮方に取り掛かった。山嵐は牛肉を頬張《ほおば》りながら、「赤シャツが芸者と馴染のあることを知っているか」と聞く。「うらなりの送別会に来た一人がそうだろ」と云うと、「君はなかなか敏捷だ」と山嵐。

「怪しからんやつだ。君が蕎麦屋に行ったり、団子屋に入るのさえ、校長の口を通して注意を加えた奴だ」と山嵐。「全く御殿女中の生まれ変わりか何かだぜ。彼奴のおやじは湯島のかげまかもしれない」とおれ。

「湯島のかげまた何だい」と山嵐。「何でも男らしくないもんだろう」とおれ。「赤シャツは人に隠れて温泉町の角屋に行って、芸者と会っているそうだ」と山嵐。「角屋って、あの宿屋か」「宿屋兼料理

〔一〇章〕
人があやまったり詫びたりするのを、真面目に受けて勘弁するのは正直すぎる馬鹿と云う……

屋さ。彼奴をへこますのは、彼奴が芸者をつれてあすこへ入り込む所を面詰するんだ」と山嵐。「夜番でもするかい」とおれ。

「角屋の前の升屋という宿屋の表二階を借りて障子へ穴をあけて見ているのさ」と山嵐。「親父の死ぬとき一週間ばかり徹夜で看病したときがあるが、大変だぜ」「あんな奸物をあの儘にしておくと、日本のためによくない。僕が天に代わって誅戮を加えるんだ」と山嵐。「いつから始める積りだい」「近々のうちにやるさ。いずれ君に報知するから加勢してくれたまえ」

こんな相談をしていると、下宿の御婆さんが出て来て「学校の生徒さんが敷居のところで待っている」という。山嵐は玄関まで出て行ったが、やがて戻ってきて「君、生徒が祝賀会の余興を見に行かないかと誘いにきたんだ。一緒に見に行かないか」と云う。表に出てみると山嵐を誘いにきたのはあのいけ好かない赤シャツの弟であった。

山嵐とおれは、太鼓をぼこぼん、ぼこぼんと叩く三河万歳と補陀落《ふだらく》の合併したような歌の調子に合わせて三十人が一度に足踏みをして抜き身を一尺五寸以内で振り回す〝高知のなんとか踊り〟にぶっ魂消た。

そんなところに〝喧嘩だ、喧嘩だ〟という声がすると、赤シャツの弟が「先生、先生又また、喧嘩です。中学のほうが今朝の意趣返しをするんで、師範のやつと決戦を始めたんです。はやく来て下さい」と云って、人の波の中に消えてしまった。

現場に駆けつけると、喧嘩の真っ最中である。師範は五、六十人、中学生はその三倍もいる。師範は制服、中学は日本服で区別はつくが、入り乱れてどこから手を付けて引き分けていいかわからない。巡査がくると面倒だ。山嵐が飛び込んで分けようと云うから、おれは一番喧嘩の激しそうなところへ躍りこんだ。

誰か知らないが、下からおれの足をすくった。握った肩を放しておれは横にぶっ倒れた。堅い靴でおれの背中の上に乗った奴がいる。両手と膝を突いて下から跳ね起きたら乗った奴は右の方へ転がり落ちた。起き上がったところにひゅうと風を切って飛んできた石が、いきなりおれの頬骨へ当たったと思ったら、背中を棒でどやした奴がいる。

〝教師は二人だ、大きい奴と小さい奴だ。石を投げろ〟という声がする。おれは生意気な事をぬかすな、田舎者のくせにと、傍に居た師範生の頭を張り付けてやった。石がまたひゅうと来る。今度はおれの五分刈の頭を掠めて後ろの方へ飛んで行った。

どやされたり、石を投げられたりして、恐れ入って引き下がる〝うんでれがん〟があるものか、おれを誰だと思っているんだ。身長《なり》は小さくっても喧嘩の本場で修業を積んだ兄さんだと無茶苦茶に張り飛ばしたり、張り飛ばされたりしていると、巡査だ、巡査だ、逃げろ、逃げろという声がした。それまで身動きができなかったのが、急に楽になったと思ったら敵も味方も一度に引き上げていた。山嵐は紋付の一重羽織をずたずたに引き裂かれ、鼻柱を殴られ出血している。山嵐はおれを見て「大分出血して居るぜ」と教えてくれた。

巡査は十五、六名来たが、捕まったのはおれと山嵐だけだった。おれと山嵐は姓名を告げて一部始終を話したが、とにかく警察まで来いというから、署長の前で顛末を述べて下宿に帰った。

〔一一章〕新聞なんて無暗な嘘を吐《つ》くもんだ。世の中に何が一番法螺を吹くと云って、新聞程の法螺吹きはあるまい。

朝眼を覚めると、婆さんが新聞を持って枕元においてくれた。二頁をあけて見て驚いた。「中学校の教師堀田某と、近頃東京から赴任した生意気な某がこの騒動を喚起したのみならず、両人は現場で生徒を指揮したるうえ、みだりに師範生に向かって暴行を擅《ほしいまま》にした」と書いている。

おれは新聞を丸めて庭にすてたが、それでも気に入らなかったので後架《こうか》に投げ捨てた。新聞なんて無暗な嘘を吐くもんだ。世の中に何が一番法螺を吹くと云って、新聞程の法螺吹きはあるまい。「天下に某という名前の人があるか考えてみろ、これでも歴然《れっき》とした姓もあり名もあるんだ。系図を見たけりゃ、多田満仲以来の先祖の一人残らず拝ましてやる」と思いながら顔を洗うと、頬《ほっ》ぺたが急に痛くなった。

婆さんに鏡を貸せと云ったら、「今朝の新聞を見たかなもし」と聞く。「読んで後架に棄ててきた。欲しけりゃ拾って来い」と云ったら驚いて引き下がった。傷までつけられた上、〝生意気な某〟などと、〝某〟呼ばわりをされれば我慢がならない。

いの一号で学校にいくと、赤シャツが「とんだ災難でした。新聞の記事は校長とも相談して正誤を申し入れる手続をするようにしました。僕の弟が誘いに行ったからこんなことが起こったので誠に申し訳ない」と半分謝罪的な言葉をならべる。

帰りがけに山嵐が「君赤シャツは臭いぜ。君は気が付かないが、僕らを余興見物に誘い出して喧嘩のなかに巻き込んだのは策だぜ」と教えてくれた。「ああやって喧嘩をやらせておいて、新聞屋に手をまわすのさ」「新聞が容易く赤シャツの事を聞くかね」「友達がいりゃ訳ないさ」「友達がいるのかい」「いなくとも嘘をついて、これこれだと話しゃ、すぐ書くさ」

山嵐は辞表を出して、職員一同に告別の挨拶をして浜の湊屋まで下ったが、人知れないように引き返して温泉町の升屋の表二階に潜んで、障子に穴を開けて覗き出した。このことを知っているのはおれだけだ。山嵐が升屋に潜んで八日目におれは夕刻の七時ごろ下宿をでて、それから鶏卵を八つ買い、左右の袂《たもと》へ入れて、升屋の階段を上り座敷の障子を開けると「おい、有望、有望」と山嵐は活気を呈している。

「今夜、七時半にあの小鈴という芸者が角屋に入ったところだ」「赤シャツと一緒か」「いや」「それじゃ駄目だ」「芸者は二人連れだが、有望だ」「どうして」「彼奴は狡いから、芸者を先によこして後から忍んでくるかもしれない」

チーンと九時半の柱時計がなった。「おいくるだろうかな。今夜来なければ僕はもう厭だぜ」「おれは銭のつづくかぎりやるんだ」「銭っていくらあるんだい」「今日まで八日分五円六〇銭払った。いつ

〔一一章〕
新聞なんて無暗な嘘を吐くもんだ。世の中に何が一番法螺を吹くと云って……

飛び出しても都合のいいように毎晩勘定するんだ」「宿屋で驚いているだろう」「宿屋はいいが、気が離せないから困る」

月が温泉の山の後ろからのっと顔を出した。往来は明るい。すると下《しも》の方から人の声がする。「大丈夫ですね」「強がるばかりで策がない」と赤シャツと野田の声。二人は角屋に入った。「とうとう来た」「野田の畜生、おれの事を勇み足の坊っちゃんとぬかしたぜ」「邪魔物とはおれのことだぜ」と山嵐。

朝の五時ごろであった。角屋から出る二人の影を見るや、おれと山嵐は町のはずれの人家の少ない杉並木のあたりで追い越し、行く手を阻んだ。「教頭たる者が何で角屋に入った」と山嵐。「教頭が角屋に泊まって悪いという規則がありますか」と赤シャツ。「それじゃなぜ芸者と一緒に宿屋にとまった」と山嵐。すると野田が逃げようとするのでおれは袂の卵を野田の顔にぶっつけた。野田の顔中黄色になった。

「芸者を連れて僕が宿屋に入ったという証拠がありますか」と赤シャツ。「貴様が馴染の芸者と角屋に入ったのを見たという事だ」と山嵐。「僕は吉川君と二人で泊まったのである。芸者が宵に入ろうが、入るまいが、僕の知ったことではない」と赤シャツ。「だまれ」と山嵐は赤シャツに拳骨を食らわした。「これは乱暴だ。狼藉である」と赤シャツ。「無法で沢山だ」と山嵐はまたぽかりと殴る。「貴様のような奸物は殴らなくちゃ」とぽかぽか殴る。おれも野田をさんざん叩き据えた。赤シャツも野田も杉の根っこにうずくまって、逃げようともしない。

おれが下宿に帰ったのは朝の七時ごろであった。部屋に入って荷造りを始めたら、婆さんが「どう御しるのぞなもし」と聞いた。「御婆さん、東京へ行って奥さんを連れて来るんだ」と云って勘定をすまし、その足ですぐ汽車に乗って浜の港屋に着いた。山嵐は二階で寝ていた。

　おれは校長宛に「私儀都合有之辞職之上東京へ帰り申候につき左様御承知被下度《くだされたく》候以上」と書いて郵便で出した。汽船は夜六時の出帆である。山嵐もおれも寝込んで目が覚めたのは午後二時であった。下女に巡査が来なかったかと聞いたが来ていないという。赤シャツも野田も警察に訴えなかったのである。

　その夜、おれと山嵐はこの地を離れた。船が岸を去るほどいい気もちがした。神戸から東京までは直行で新橋に着いた時は、ようやく娑婆にでたような気がした。

〔一一章〕
新聞なんて無暗な嘘を吐くもんだ。世の中に何が一番法螺を吹くと云って……

第三部

『漾虚集《ようきょしゅう》』

〔倫敦塔《ろんどん》〕人の血、人の肉、人の罪が結晶して馬、車、汽車の中に取り残されたるは倫敦塔である。

余は忽《たちま》ち歩を移して塔橋を渡りかけた。長い手はぐいぐい引く。橋(注1)を渡ってからは一目散に塔門(注2)まで馳せつけた。見る間に三万坪に余る過去の一大地の一大磁石は現世に浮遊するこの小鉄屑を吸収しておわった。門を入って振り返ったとき、

憂の国に行かんとするものはこの門を潜れ。
永劫の呵責に遭わんとするものはこの門を潜れ。
迷惑の人(注3)と伍せんとするものはこの門を潜れ。
正義は高き主を動かし、神威われを作る。
最上智、最初愛。我が前に物なし只無窮あり我は無窮に忍ぶものなり。
此の門を過ぎんとするものは一切の望を捨てよ。(注4)

という句がどこぞに刻んでいないかと思った。余はこの時すでに常態を失っている。

空堀にかけてある石橋を渡って行くと向うに一つの塔がある。これは丸型の石造りで石油タンクの条をなしてあたかも巨人の門柱の如く左右に屹立《きつりつ》している。その中間を連ねている建物の下をもぐって向うに抜ける。中塔（注5）とはこのことである。

すこし行くと左手に鐘塔《しゅとう》（注6）が峙《そばだ》つ。真鉄《まがね》の盾、黒鉄《くろがね》の甲《よろい》が野を蔽《おお》う秋の蜻蛉の如く見えて敵遠くより寄ると知れば門上の鐘を鳴らす。星黒き夜、壁上を哨兵の隙を見て、逃れ出る囚人の、逆《さか》しまに落とす松明《たいまつ》の影より闇に消える時も塔上の鐘を鳴らす。

心奢《おご》れる市民の、君の政《まつりごと》非なりとて蟻の如く塔下に押し寄せてひしめき騒ぐときもまた塔上の鐘を鳴らす。塔上の鐘はことあれば必ず鳴らす。ある時は無二にならし、ある時は無三に鳴らす（注7）。祖来る時は祖を殺しても鳴らし、仏来る時は仏を殺しても鳴らした（注8）。

霜《しも》の朝《あした》、霜の夕べ、雨の日、風の夜を何遍となく鳴らした鐘は今いずこへいったものやら、余が頭をあげて蔦《つた》に古りたる櫓を見上げたときは寂然《せきぜん》としてすでに百年の響を収めている。

また少し行くと右手に逆賊門（注9）がある。門の上に聖タマス塔（注10）がそびえている。逆賊門とは名前からすでに恐ろしい。古くから塔中に生きながら葬られた幾千の罪人は皆舟からこの門まで護送された。彼らが舟を捨ててひとたびこの門を通過するや否や娑婆の太陽は再び彼らを照らさなかった。テームスは彼らにとっての三途の川でこの門は冥府《よみ》に通じる入口であった。彼らは涙に揺られてこの洞窟の如く薄暗きアーチの下まで漕ぎ付けられる。口を開けて鰯《いわし》を吸う鯨の待ち構えている所まで来るやいなやキーと軋《きし》る音とともに厚樫《あつかし》の扉は彼らと光りを永久《とこしえ》に隔てる。彼らついに宿命の鬼の餌食となる。明日は食われるか明後は食われるか或いはまた十年の後に食われるか鬼よりほかは知るものはない。

この門に横付けに着く舟の中に坐している罪人の途中の心はどんなであったろう。櫂《かい》がしわる時、雫《しずく》が船べりに滴る時、漕ぐ人の手の動くときごとにわが命が刻まれるように思ったろう。白き髯を胸まで垂れてゆるやかに黒の法衣《ほうえ》を纏《まと》える人がよろめきながら船から上がる。これは大僧正クランマー(注11)である。

青き頭巾を目深にかぶり空色の絹の下に鎖帷子《かたびら》をつけた立派な男はワイアット(注12)であろう。これは会釈もなく船縁から飛び上がる。はなやかな鳥の毛を帽子に挿して黄金作りの太刀の柄に左の手を懸け、銀の留め金で飾った靴の爪先を、軽やかに石段の上に移すのはローリー(注13)か。

余は暗きアーチの下を覗いて、向う側には石段を洗う波の光の見えはせぬかと首を延ばした。水はない。逆賊門とテームス河とは堤防工事の竣功以来まったく縁がなくなった。幾多の罪人を呑み、幾多の護送船を吐き出した逆賊門は昔の名残にその裾を洗うさざ波の音を聞く便りを失った。ただ向う側に存する血塔(注14)の壁上に大なる鉄環が下がっているのみだ。昔は舟の纜《ともづな》をこの環に繋いだという。

注1　タワーブリッジ。ロンドン塔東南端と対岸とを結んでテムズ川に架けられた橋。一八九四年開通。
注2　ライオン門のこと。エドワード一世の時代から一八三四年まで国王の動物園があった。
注3　「地獄に落ちた人たち」の意。
注4　ダンテ『神曲』第三章第一行から第九行。明治三八年一月二〇日付皆川正禧宛書簡に「倫敦塔の御批評

有難う。実は多少逆上気味にて自分でも面白いと思っていたが、あとで読んでみると厭な所が多い。君が誉めてくれたので、以前の大得意で逆上に戻りそうです。しかしダンテの句はわざとらしく、すこしきざと思う。二句ぐらいにつめれば色彩としてもよいとおもう」と書かれている。皆川正禧は明治三七年東大史学科卒。鹿児島七高・水戸高校教授を歴任。

注5 ヘンリー一世の長男エドワード一世（在位一二七二―一三〇七）の時代に築かれた。ヘンリー一世は「ハンマー・オブ・ザ・スコッツ」、「スコットランド人への鉄槌」と呼ばれた。

注6 ヘンリー三世の父ジョン王（在位一一九九―一二一六）の時代に完成した。トマス・モアやモンマス公がこの塔に幽閉された。

注7 無二無三は『法華経』の「唯一乗の法あり。二無くまた三無し」からきている。唯一無二の意から転じて、脇目もふらずひたすらに鐘を鳴らす。

注8 『臨済録』「示衆」一〇の「仏に逢うては仏を殺し、祖に逢うては祖を殺し、……始めて解脱を得ん」に基づく。

注9 ヘンリー三世（在位一二一六―七二）の時代に建造された。王室用の舟を通わすための水門として建造されたが、のちウェストミンスターから送りこまれる「逆賊」を乗せた舟の船着場となった。

注10 逆賊門の上に立つ塔で、ヘンリー三世によって建てられた。一一六二年に倫敦塔の管理長官をつとめたカンタベリー大主教セント・トーマス・ア・ベケットの名にちなむ。

注11 イギリスの宗教改革者。カンタベリー大司教トマス・クランマー（一四八九―一五五六）。のちカトリック教徒のイングランド女王メアリー一世（在位一五五三―五八）のプロテスタント弾圧による反逆罪

〔倫敦塔〕
人の血、人の肉、人の罪が結晶して馬、車、汽車の中に取り残されたるは倫敦塔である。

で倫敦塔に幽閉され、火刑に処せられる。

注12　詩人トマス・ワイアットの息子。メアリー女王のスペイン皇太子フェリペとの結婚に反対し、ケント州で反乱を起こす。ロンドンを占領しようとして失敗、処刑される。

注13　ウォルター・ローリー（一五五二？—一六一八）。イギリスの軍人・探検家・著述家。エリザベス女王からナイト爵を受ける。北米植民地に「ヴァージニア」の名を与えた。のち女王の寵を失い、ロンドン塔に幽閉。ジェームズ一世即位後反逆罪に問われて再びロンドン塔に幽閉。獄中で『万国史』を書く。一六一八年処刑。

注14　エドワード四世とエリザベス・ウッドヴィルとの間には長男のエドワード五世とヨーク公リチャード・オブ・シュルーズベリーの二人の男子がいた。シェークスピアの『リチャード三世』では、叔父グロスター（のちのリチャード三世）によって兄弟はロンドン塔に幽閉され、殺害された事になっている。血塔（ブラッディ・タワー）の名は残虐な殺害事件にちなむ。

〈カーライル博物館〉

カーライルの庵は四階作の真四角な家である。しかしカーライルの顔はけっして四角ではなかった。彼は寧ろ懸崖の中途が陥落して草

原の上に伏しかかった様な容貌であった。

公園の片隅に通りがかりの人をあいてに演説をしている者がいる。向うから釜形の尖った帽子をかぶり、古ぼけた外套を猫背に着た爺さんが歩みを止めて演説者を見る。演説者はぴたりと演説をやめてつかつかとこの村夫子（注1）のたたずんでいる前に出てくる。二人の視線はぴたり行き当たる。演説者（注2）は濁った田舎調子でお前はカーライル（注3）ではないかと問う。如何にもわしはカーライルじゃと村夫子が答える。チェルシー（注4）の哲人と人が言い囃《はや》すのはお前の事かと問う。成程、世間ではわしの事をチェルシーの哲人と言うようじゃ。

セージ（注5）というは鳥の名なのに、人間のセージとは珍しいなと演説者はからからと笑う。村夫子は成程猫も杓子も同じ人間なのに殊更に哲人などと異名をつけるのは、あれは鳥じゃと渾名《あだな》すると同じようなものだろう。人間は矢張り当たり前の人間で善いようなものなのに、と答えてからからと笑う。

余は晩餐前に公園を散歩するたびに川べりの椅子に腰を下ろして向う側を眺める。倫敦に固有な濃霧はことに岸辺に多い。余が桜の杖に顎を支えて真正面を見ていると遥かに対岸の往来を這いまわる霧の影は次第に濃くなって五階建ての町続きの下から漸々《ぜんぜん》このたなびくものの裏《うち》に薄れ去ってくる。仕舞には遠き未来の世を眼前に引き出したように窈《よう》然たる空の中に取り留めのつかぬ鳶色の影が残

カーライルの庵は四階作の真四角な家である。

る。その時この鳶色の奥にぽたりぽたりと鈍い光が滴る様に見え始める。三層四層五層ともに瓦斯《がす》を点じたのである。

余は桜の杖を突いて下宿の方へ帰る。帰るとき必ずカーライルと演説使いの話を思い出す。彼《か》の溟《めい》濛《もう》たる瓦斯の混ずるところが村夫子の住んでいるチェルシーなのである。

カーライルは居ない。演説者も死んだであろう。しかしチェルシーは以前の如く存在している。否、彼の多年住み古した家屋敷さえなお厳然と保存されている。一七〇八年チェイン・ロウ（注6）が出来てより以来幾多の主人を迎へ幾多の主人を送ったかは知らぬが兎に角今日まで昔の儘で残っている。カーライルの没後は有志家の発起で彼の生前使用した器物調度図書典籍を集めてこれを各室に按配し好事のものには何時でも縦覧できるように便宜されている。

文学者でチェルシーに縁故のあるものを挙げると昔はトマス・モア（注7）、下ってスモレット（注8）、なお下ってカーライルと同時代にはハント（注9）などもっとも著名である。ハントの家はカーライルの直近傍で、現にカーライルがこの家に引き移った晩訪ねてきたという事がカーライルの記録に書いてある。またハントがカーライルの細君にシェレー（注10）の塑像を贈ったということも知れている。

このほかにエリオット（注11）の居た家とロセッチ（注12）の住んでいた邸がすぐ傍の川端に向いた通りにある。しかしこれらは皆すでに代が代わって現に人が入っているから見物は出来ぬ。ただカーライルの旧《きゅう》盧《ろ》のみは六ペンスを払えば何人でも何時でも随意に観覧ができる。

一階から四階を参観した後、勝手口から庭園に案内された。カーライルが麦藁帽を阿弥陀に被って寝間着姿のくわえ煙管《きせる》で逍遥したのはこの庭園である。

「嗚呼《ああ》、余が最後に汝を見る時は瞬刻の後ならん。全能の神が造れる無辺大の劇場、眼に入る無限、手に入る無限、手に触れる無限、これもまた我が眉目を掠めて去らん。しかして余は遂にそを見るを得ざらん。わが力を致せるや虚ならず。知らんとするや切なり。しかもわが知識はただかくの如く微なり」と叫んだのもこの庭園なり。

余は婆さんの労に報いるために婆さんの掌《て》の上に一片の銀貨を乗せた。有難うという声さえも朗読的であった。一時間の後倫敦の塵と煤と車馬の音とテームス河とカーライルの家を別世界の如く遠き方へと隔てた。

注1　田舎出の大人。
注2　辻演説家。
注3　カーライル（一七九五―一八八一）。スコットランド、ダムフリースシャーの村エクルフェカンの出身である。イギリスの思想家・評論家・歴史家。『衣裳哲学』『フランス革命史』『英雄崇拝論』。漱石の『猫』（七話）に「自然は真空を忌むが如く、人間は平等を嫌う」とあるが、カーライル『衣裳哲学』第一巻第八章（「脱衣の世界」）には、この英語訳 Natur abhors a vacumuga が見える。
注4　ロンドン南西部のテムズ川の北岸にある住宅地。古く文人・画家が多く住んでいた。
注5　セージという鳥の名（雷鳥の一種）。
注6　カーライルが多年住み古した家屋敷。チェイン・ロウはこの辺の地主であった貴族の名。カーライルは一八三四年から世を去るまで住んだ。

〔カーライル博物館〕
カーライルの庵は四階作の真四角な家である。

注7　トマス・モア（一四七八―一五三五）。イギリスの著述家・大法官。ヘンリー八世の離婚に反対したために反逆罪に問われ、ロンドン塔に幽閉、処刑された。

注8　トビアス・ジョージ・スモレット（一七二一―七一）。『ハンフリー・クリンカー』が代表作品。

注9　ジェームズ・ヘンリー・レイ・ハント（一七八四―一八五九）。イギリスのジャーナリスト・随筆家・詩人。

注10　シェレー（一七九二―一八二二）。キーツ、バイロンと並び称せられるイギリス・ロマン派の代表的詩人。『西風に寄せる歌』『ひばりに寄せる歌』『縛めを解かれたプロメテウス』が有名。

注11　ジョージ・エリオット（一八一九―八〇）。イギリス一九世紀の代表的女流作家。『アダム・ビード』『サイラス・マーナー』『ミドル・マーチ』『河の水車場』の作品がある。死の三週間前からチェーン・ウォーク四番地で過ごした。

注12　ロセッチ・ダンテ・ガブリエル（一八二八―八二）。イギリスの画家・詩人。

〈幻影の盾〉

思う人！　ウィリアムが思う人はここには居らぬ。小山を三つ越えて大河を一つ渉りて二〇マイル先の夜鴉の城にいる。

遠き世の物語である。バロン（注1）と名乗るものの城を構え濠をめぐらして、人を屠《ほふ》り天に奢れる昔に帰れ。今代《きんだい》の話ではない。

何時の頃とは知らぬ。ただアーサー大王（注2）の御代とのみ言い伝えたる世に、ブレトン（注3）の一士人がブレトンの一女子に懸想（恋い慕うこと）した事がある。その頃の恋はあだには出来ない。思う人の唇に燃ゆる情けの息を吹く為には、吾肘をも折らねばならぬ、吾頸を挫かねばならぬ、時としては吾血潮さへ容赦もなく流さなければならなかった。

懸想されたるブレトンの女は懸想せるブレトンの男に向かって言う、君が恋、叶えんとならば、残りなく円卓の勇士（注4）を倒して、われを世に類なき美しき女と名乗り給え、アーサーの養える名高き鷹を獲て吾許に送り届け給えと、男心得たりと腰に帯びたる長き剣に誓えば、天上天下に吾志を妨げるものなく、遂に仙姫《せんき》（注5）の助け得て悉く女の言う所を果たす。

鷹の足を纏える細き金の鎖の端に結びつけたる羊皮紙を読めば、三一ヵ条の愛に関する法章であった。いわゆる「愛の庁」（注6）の憲法とはこれである。……盾の話はこの憲法の盛りに行われた時代に起った事と思え。

この盾は何時のものとも知れぬ。バヴィース（注7）という三角を逆さまにして全身を蔽うくらいの大きさに造られたものとも違う。ギージ（注8）と言う革紐で肩からつるす種類のものでもない。上部に鉄の格子を開けて中央の穴から鉄砲を撃つという仕掛けの後世のものでは無論ない。

いずれの時、何者が鍛えた盾かは盾の主人なるウィリアム（注9）さへ知らない。ウィリアムはこの盾を自己の部屋の壁にかけて朝夕眺めている。人が聞くと不可思議な盾だと言う。霊の盾だという。

思う人！　ウィリアムが思う人はここには居らぬ。

この盾を持って戦に臨むとき、過去、現在、未来に渡って吾願いをかなえることのある盾だという。名あるかと聞けば幻の盾と答える。ウィリアムはその他のことは言わぬ。

盾の形は望《もち》の夜の月の如く丸い。銅で饅頭形の表を一面に張りつめてあるから、輝ける色さえも月に似ている。縁を巡って小指の先ほどの鋲が綺麗に五分ほどの間を置いて植えられてある。鋲の色もまた銀色である。鋲の輪の内側は四寸ばかり円を画して匠人《しょうじん》の巧を尽くした唐草が彫りつけてある。模様があまり細かすぎるので一寸見るとただ不規則のさざ波が、肌に答えぬほどの微風に数え難き皺を寄する如くである。花か蔦か或いは葉か、ところどころが激しく光線を反射して他所《よそ》よりも際立って視線を襲うのは昔象嵌のあった名残でもあろう。

なお内側へ入ると延板の平らな地になる。そこは今もなお鏡の如く輝いていて面にあたるものは必ず写す。ウィリアムの甲の挿毛《さしげ》のふわふわと風に靡く様も写る。日に向けたら日に燃えて日の影をも写そう。鳥を追えば、こだまさえ交えずに十里を飛ぶ鶻《はやぶさ》の影も写そう。時には壁から卸して磨くかと問えば否という。霊の盾は磨かねども光るとウィリアムはひとり言のように言う。

盾には疵《きず》がある。右の肩から左斜めに切りつけた刀の傷が見える。球を並べたような鋲の一つを半ば潰してゴーゴン（注10）、メデューサ（注11）に似た夜叉の耳のあたりを纏う蛇の頭をたたいて、横に延板の平らな地へ微かな細長い凹《くぼみ》が出来ている。ウィリアムにこの傷の因縁を聞くと何も言わぬ。

人に言えぬ盾の由来の裏には、人に言えぬ恋の恨みが潜んでいる。人に言わぬ盾の歴史の中には世も入《い》らぬ神も入らぬとまで思いつめた望みの綱が繋がれている。ウィリアムが日ごと夜ごとに繰り返す心の物語はこの盾と浅からぬ因果の絆《きずな》で結びつけられている。いざという時この盾を取って……望はこれである。

心の奥に何者かほのめいて消え難き前世の名残の如きを、白日の下に引き出してあからさまに見極むるはこの盾の力である。いずくより吹くとも知らぬ業障《ごうしょう》（注12）の風の、隙多き胸に洩れて目に見えぬ波の、立ちては崩れ、崩れては立つ波なき昔、風吹かぬ昔に返すはこの盾の力である。

この盾さえあればとウィリアムは盾の懸かる壁を仰ぐ。天地人を呪うべき夜叉の姿も、彼が眼には画《えが》ける天女の微かに笑みを帯べるが如く思わるる。時にはわが思う人の肖像ではなきかと疑う折さえある。ただ抜け出して語らぬが残念である。

注1　勲功によって領地を与えられた国王の直臣、または地方の豪族。
注2　アーサー大王。五世紀頃のイギリスの伝説的国王。
注3　ブルターニュ人のこと。ブルターニュはイギリス海峡とビスケー湾との間のフランス北西部の半島地方。五世紀にブリテン島から渡ってきたケルト人難民が住み着いたことからこの名が残っている。
注4　アーサー王伝説の騎士たち。円卓の周囲には一五〇人の騎士が坐れることになっており、その坐る位置によって上下の差別をつけないのが、その特徴である。
注5　アーサー王伝説に登場する超自然的な女性。善悪両性の属性をもつ。
注6　一二世紀後半か一三世紀初にフランスの宮廷付礼拝堂司祭アンドレアス・カペラヌスによって書かれた『恋愛術』第二巻第八章の終りのほうに、三一ヵ条の恋愛の掟が掲げられている。
注7　中世の戦闘で使われた全身を覆う凸状の大盾。

注8　腕を通すものとは別に、楯を首からさげるようになっている革ひも。もともとノルマン特有なもので、戦闘のとき両手を自由に使える利点があった。

注9　ウィリアム。一一、一二世紀頃のフランスの多くの叙事詩に登場する英雄。すなわちウィリアム・オブ・オレンジから思いついた名前。「ローランの詩」で有名な中世武勲詩に登場する。

注10　ゴーゴン。ギリシャ神話のフォルキュスの三人娘、ステンノー、エウリュアレ、メデューサの各一人をさす名称。頭髪が多数の蛇からなっている。

注11　ゴーゴンのなかでももっとも恐ろしく、醜怪な顔をしている。その目は見たものを石にする力をもっている。

注12　仏教にいう三障または四障の一つ。

〈琴のそら音〉

「近頃はみんなこの位です。なあに、みんな神経さ」(注1)と床屋。「全く神経だ」と源さん。

余はしばらくぶりに津田君を訪ねる。「忙しいだろう。何と言っても学校にいたころとは違うからね」と津田君。「家に帰って飯を食うとそのまま寝てしまう」と余。「少し痩せたようだぜ」と津田君。余は学士になってから少々肥ったように見える津田君が癪《しゃく》に障る。

「君は相変わらず勉強で結構だ。その読みかけている本は何かね」と余。「幽霊の本さ」と津田君。「僕なんか毎日、芝から小石川の奥まで帰るのだから、自分が幽霊になりそうな位さ」「そうだったね。つい忘れていた。どうだい新世帯の味は。主人らしい心持がするかね」と津田君。

「俺の家だと思えばどうか知らんが、下宿の時分より面倒が増えるばかりさ。家に帰ると婆さん（お手伝い）が帳面をもってきて、御味噌三銭、大根二本、うずら豆一銭五厘買ったなど報告するんだ。やっかい極まりないのさ」「それだけじゃないんだ。詳細なる会計報告が終わると明日のおかずは何にすると聞いてくる」「勝手に作らせればいいじゃないか」と津田君。

先を読んでいくと分かるが二人は高等学校の同じ組の仲間で、余は東京帝国大学法科大学を卒業して会社に就職し、津田君は同文科大学哲学科（心理学）の博士課程に在籍している。二人の会話は意外な方向に転回する。

「ところで近頃、僕の家の近辺で野良犬が遠吠え出したんだ……」と余。「犬の遠吠えと婆さんとは何か関係があるのかい」と津田君はしきりに聞きたがる様子である。

「婆さんが言うにはあの鳴き声はただの鳴き声ではない。何でもこの辺に変があるに相違ないから用心しなくてはいかんと言うのさ」

「そんなに鳴きたてるのかい」と津田君。「第一、僕はぐうぐう寝てしまうから全く知らんのさ」「と

「近頃はみんなこの位です。なあに、みんな神経さ」と床屋。「全く神経だ」と源さん。

ころが僕の未来の細君が風邪を引いたんだ。それがちょうど犬の遠吠えとかさなったんだ」「しかし宇野のお嬢さんはまだ四谷に居るんだから心配せんでもよさそうなものだ」と津田君。「それを心配するから迷信婆さんさ。〝あなたが御移りにならんとお嬢さまの病気が全快しませんから是非今月中に方角のいい所に引っ越し遊ばせ〟と言う訳さ。とんだ預言者に捕まったものさ」「移るのもいいかも知れんよ」「この前引っ越したばかりだね」「しかし病人は大丈夫かい」「君まで妙な事を言うぜ。そんなに人を嚇《おど》かすもんじゃない」「嚇かすんじゃない、大丈夫かと聞くんだ」「大丈夫に決まっているさ。咳は少し出るがインフルエンザなんだもの」「インフルエンザ？」と津田君は突然大きな声を出す。そして二句目は低い声で「よく注意したまえ」と言った。「注意せんといかんよ」と津田君はふたたび同じ事を同じ調子で繰り返す。「縁起でもない、いやに人を驚かすぜ」と余は無理に大きな声で笑ったが、中途でピタリとやめた。「いや実はこんな話があるんだ。僕の親戚のものが矢張りインフルエンザにかかり、一週間目に肺炎になりぽっくり死んでしまったんだ。実に夢のような話さ。可哀想でね」「へえ、どうしてまた肺炎などになったんだ」と余。「別段の事情もないのだが……。それだから君も注意せんといかん」と津田君。「本当だね」と余は真面目になって津田君の眼の中を覗き込む。「いやだいやだ、二十二、三で死んで実につまらんからね。しかも夫は戦争に行っているんだ」「ふうん、女か？　そりゃ気の毒だなあ。軍人だね」と余。

それから津田君が余に話したのは次のようなことだった。

女の夫は陸軍中尉である。二人は結婚してまだ一年も経っていなかった。津田がお通夜にも行き、葬式にも出たが娘の母は泣いてばかりいた。葬式の当日は雪がちらちら降って寒い日だった。御経がすんでいよいよ棺を埋める段になって、娘の母は穴の傍へしゃがんだきり動かない。

ところが不思議なことが起きた。娘の夫の軍人はある部隊に所属していたが、妻が死んだ知らせを受ける前に娘は亭主に逢いに行っていた。

「どうして、逢いに行けるんだ。当人は死んでるんじゃないのか」と余。「死んで逢いに行ったのさ」と津田君。「いくら亭主が恋しいったって、そんなことが誰にできるんだ」「いや、実際に行ったんだから仕様がない」と津田君は主張する。「君本当にそんなことを話しているのかい」「無論本当さ」「これじゃ、うちの婆さんと同じだ」「婆さんでも爺さんでも事実だから仕方がない」と津田君はむきになる。

「実は、よく糺《ただ》してみるとその細君というのが夫の出征前に、〝もし万一留守中に死ぬようなことがあってもただは死にません〟と誓ったそうだ」と津田君。「それで細君は夫の手荷物のなかに小さい鏡を入れてやったそうだ。その鏡を亭主は常に懐にいれていた。ある朝、なんとなくその鏡を取り出して見ると、その鏡の奥に写ったのが青白い細君の姿なんだ。時間を調べて見ると細君が息を引き取ったのと夫が鏡を眺めたのが同日同刻になっている」

「いよいよ不思議だな。しかしそんな事がありうるのかな」と余。「そんな事を書いた本があるがね。この本には例が沢山あるが、そのうちロード、ブローアムの見た幽霊（注2）などは今の話とまるで同

〔琴のそら音〕
「近頃はみんなこの位です。なあに、みんな神経さ」と床屋。「全く神経だ」と源さん。

じ場合に属するんだ。ブローアムは英国の文学者さ」と津田君。
「だから宇野のお嬢さんもよく注意したまえということさ」と話を元にもどす。「うん注意はさせるよ。しかし〝万一の事がありましたらきっとお目にかかりに上がります〟なんていう誓いは立てないんだから大丈夫だろう」と余。

しかし、時計を出してみると十一時近い。うちでは婆さんが犬の遠吠えを苦にしているだろうと思うと、一刻も早く帰りたくなる。「いずれ婆さんに近付になりに行くよ」という津田君に「御馳走するから是非来てくれたまえ」といいながら、白山御殿町（注3）の下宿をでる。

さて、余が白山御殿町の津田君の下宿を夜の十一時ごろに出て小日向台町の自宅まで帰る途中と、帰宅後の婆さんとの会話、そして夜があけ四谷の許嫁露子に逢いに行く午前六時までの七時間の間におきた〝心理的〟動顛・葛藤・不安は本書のクライマックスだが、読者の皆さんにはご自分で現物を読んでいただくことにして、余が露子にあって一件落着した後の場面をかいつまんで紹介させていただく。

余は神楽坂まで来て床屋に入る。「旦那髯《ひげ》は残しましょうか」と白服の職人が聞く。〝髭を剃るといい〟と未来の細君露子が言ったのだが、全体の髯のことなのか顎髯《あごひげ》だけなのか、わからない。まあ、鼻の下だけは残すことにしようと一人で決める。床屋が〝残しましょうか〟と念を押すくらいだから、残したって余り目立つほどのものでもないには決まっている。
「源さん、世の中にゃ随分馬鹿な奴がいるもんだねぇ」と余の顎をつまんで剃刀を逆に持ちながら床屋は一寸火鉢の方をみる。

　源さんは火鉢の傍に陣取って将棋盤の上で金銀二枚をしきりにパチつかせていたが「本当にさ、幽霊だの亡者だのって、そりゃお前、昔の事だあな。電気燈のつく今日そんなベラボウな話がある訳がない」と王様の肩へ飛車を載せて見る。「おい由公《よしこう》御前こうやって駒を十枚積んで見ねえか、積めたら安宅鮨を十銭奢ってやるぜ」と源さん。一本足の高足駄をはいた下剃《したぞり》の小僧が「鮨じゃいやだ、幽霊を見せてくれたら、積んで見せらあ」と洗濯したてのタオルを畳みながら笑っている。

「幽霊も由公にまで馬鹿にされる位だから幅は利かない訳さ」と余の揉み上げを米噛《こめか》みの当たりからぞきりと切り落とす。「あんまり短か、あないか」「近頃みんなこの位です。揉み上げの長いのはにやけてて可笑しなもんです。……なあに、みんな神経さ。自分の心に恐いと思うから自然幽霊だって増長して出たくならあね」と刃についた毛を人差し指と親指で拭いながら、また源さんに話しかける。「全く神経だ」と源さんが山桜の煙《けむり》を口から吹き出しながら賛成する。「神経ってものは源さんどこにあるんだろう」と由公はランプのホヤを拭きながら真面目に質問する。「神経か、神経は御めえ方々にあらあな」と源さんの答弁は少々漠然としている。

　白暖簾のかかった座敷の入口に腰をかけて、先っきから手垢のついた薄っぺらな本を見ていた松さんが、急に大きな声をだして〝面白い事が書いてあらあ、よっぽど面白い〟と一人で笑い出す。「何だい小説か、食道楽じゃねえか」と源さんが聞くと、松さんはそうよそうかもしれねえと表紙を見る。標題には浮世心理講義録有耶無耶道人とある。

〔琴のそら音〕
「近頃はみんなこの位です。なあに、みんな神経さ」と床屋。「全く神経だ」と源さん。

「鎌さん、一体何の本だい」と源さんは余の耳に剃刀をいれてぐるぐる回転させている床屋に聞く。「何だかわからないような、とぼけた事が書いてある本だがね」と床屋。「一人で笑っていねえで少し読んで聞かせねえ」と源さんは松さんに請求する。

松さんは「狸が人を婆化《ばか》すと言いやすけれど、何で狸が婆化しやしょう。ありゃみんな催眠術でげす……」「なるほど妙な本だね」と源さん。「拙がいっぺん古榎になったことがありやす。所へ源兵衛村の作蔵という若い衆が首を縊《くく》りに来やした……」「何だい狸が何か言ってるのか」「どうもそうらしいね」「それじゃ狸のこせえた本じゃねえか、それから」と源さんが聞く。……

して見ると昨夜は全く狸にだまされた訳かなと、余は一人で愛想をつかしながら床屋を出る。台町の吾が家に着いたのは十時ごろであったろう。門前に黒塗りの車が待って居て、狭い格子の隙から女の笑い声がする。

ベルを鳴らして沓脱《くつぬぎ》に入る途端に「きっと帰っていらっしゃったんだよ」という声がして障子がすうっと開くと、露子が温かい春のような顔をして余を迎える。

「御帰りになってから、考えたら何だか変だったから、すぐ車で来て見たの、そうして、夕べの事を、みんな婆やから聞いてよ」と婆さんをみて笑い崩れる。

婆さんも嬉しそうに笑う。露子の銀のような笑いと、婆さんの真鍮のような笑い声と、余の銅のような笑い声が調和して天下の春を七円五十銭の借家に集めたほどの陽気である。如何に源兵衛村の狸でもこれくらい大きな声は出せまいと思う位である。

気のせいかその後露子は以前よりも一層余を愛する様な素振りを見せた。津田君に逢った時、当夜の景況を残りなく話したら、それはいい材料だ。僕の著書中に入れさせて呉れろと言った。文学士津田真方《まかた》著幽霊論の七二頁にK君の例として載っているのは余のことである。

注1　岩波版『漱石全集』第二巻収録の『琴のそら音』注解：三遊亭円朝の講談『真景累ヶ淵』（安政六＝一八五九年作）の冒頭に「今日より怪談の御話を申し上げまするが、怪談ばなしと申すは近来大きに廃りまして、余り寄席で致す者もございません。と申しますのは、幽霊というものは無い、全く神経病だということになりましたから、怪談は開化先生方が事でございます」とある。標題の「真景」も「神経」のもじり。

初代三遊亭円朝（一八四〇－一九〇〇）は江戸時代末期（幕末）から明治時代に活躍した落語家。歴代の名人の中でも筆頭（もしくは別格）に巧いとされる。また、多くの落語演目を創作し、人情噺や怪談など講談に近い分野で独自の世界を築いた。

漱石は明治三八年四月三〇日付の野間真綱（明治三六年東大英文学卒。七高教授）宛に「昨夜は五、六人集まって一一時頃まで談話をしました。虚子は短編を作ってきた。虚子一流の面白い処がある。僕は琴のそら音という小説を七人（雑誌「七人」）に出す積りだから読んでくれ給え」という書簡を送っている。翌月の五月一一日付の野村伝七（明治三九年東大英文科卒。七高教授）宛のハガキに「お褒めに与って甚だ有難い。実は昨夜読んで何だか気が抜ける様な気合であると思いかつ〝婆さん〟が不自然な様の感じがしていた所です。」（筆者註：「婆さん」とは『琴のそら音』に登場する犬の遠吠えで吉凶を占う主人公の召使いのこと）。

また、翌年（明治三九）三月一一日付の中村不折（洋画家。一八六六－一九四三）宛に「昨夜服部書店主人、大

兄の挿画持参逐一拝見致候。いずれも見事なる出来満足不過之《これにすぎず》と存候あれは今までのさし画に類なき精巧のものにて出来の上は人目を驚かすならんと嬉しく存候。（略）。夜中にてよくわからざりしかど、かの倫敦塔の図の如きは着色の点に於いて確かに当今の画家をあっと言わしむるにたる名品と存候。小生日本人の書いた水彩にてあのごときしぶき設色を見ず。ただうまく板《はん》に出来ればよいがとそれが心配に候。その他薤露《かいろ》行の古雅にして多少の俳趣味を帯べる琴のそら音の幽冥にして迭宕《てっとう》なる。まぼろしの盾の無邪気にして真摯なる。皆面白く拝見仕候。御蔭をもって拙文に多大の光栄を添え単行して江湖に問うの価値を加え候。」（筆者註：「迭宕」は意味不明だが、正岡子規著『獺祭書屋俳話（中）』「宝井基角（朗読1）にある。「宕」は大なるもの粗っぽいものを現し「迭」は「他のものと入れ替わるものなる」の意）。

注2　ピーター・ブルーム（一七七八―一八六八）の回想録第一巻に幼友達の幽霊を見る話が出てくる。この話は漱石が所蔵していたアンドレー・ラングの著作に再録されているが、漱石はその品を読んだものと思われる。（塚本利明『漱石と英文学』彩流社、参照）

注3　徳川五代将軍綱吉の別邸の白山御殿に由来する地名。一九六七年に白山三丁目―五丁目に町名変更する。

〔『一夜』〕百年は一年の如く、一年は一刻の如し。一刻を知れば正に人生を知る。

「美しき多くの人の、美しく多くの夢を……」と、髯ある人が二たび三たび微吟して、あとは思案の体《てい》である。灯に写る床柱にもたれたる直き脊の、少し前にかがんで、両手に抱く膝頭の険しき山ができる。佳句（よい句）を得て佳句を続《つ》ぎ能《あた》わざるを恨みてか、黒くゆるやかに引きける眉の下より安からぬ眼の色が光る。

「描けどもならず、描けどもならず」と椽《えん》に端居《はしい》して天下晴れて胡坐《あぐら》をかけるが繰り返す。兼ねて覚えたる禅語にて即興なれば間に合すつもりか。剛《こわ》き髪を五分に刈りて髯貯《たくわ》えぬ丸顔を傾けて「描けども、描けども、夢なれば、描けども、成りがたし」と高らかに誦《じゅ》し了《おわ》ってからからと笑いながら、室《へや》の中なる女を顧《かえり》みる。

竹籠に熱き光を避けて、微かにともすランプを隔てて、右手に違い棚、前は緑り深き庭に向かえるが女である。

〔一夜〕
百年は一年の如く、一年は一刻の如し。一刻を知れば正に人生を知る。

「画家ならば絵にもしましょうよ。女ならば絹を枠に張って、縫いにとりましょうよ」と言いながら、白地の浴衣に片足をそと崩せば、小豆皮《あずきがわ》の座布団を白き甲が滑り落ちて、なまめかしからぬ程は艶なる居ずまいとなる。

「美しき多くの人の、美しく多くの夢を……」と膝抱く男が再び吟じ出すあとにつけて「縫いにやとらん。縫いとらば誰に贈らん。贈らん誰に」と女は態《わざ》とらしからぬ様ながら一寸笑う。やがて朱塗の団扇《うちわ》の柄にて、乱れかかる頬の黒髪をうるさしと許り《ばか》払えば、柄の先につけたる紫のふさが波を打って、緑り濃き香油の薫《かお》りの中に躍り入る。

「我に贈れ」と髯なき人が、すぐ言い添えて又からからと笑う。女の頬には乳色の底から捕え難き笑の渦が浮き上がって、瞼にはさっと薄き紅を溶く。

「縫えば如何《どん》な色で」と髯ある男は真面目に聞く。

「絹買えば白き絹、糸買えば銀の糸、金の糸、消えなんとする紅の糸、夜と昼との界《さかい》なる夕暮れの糸、恋の色、恨みの色は無論ありましょう」と女は眼をあげて床柱の方を見る。愁いを溶いて練りあげし珠の、烈しき火には堪えぬ程に涼しい。愁いの色は昔から黒である。

隣へ通う路地を境に植え付けたる四、五本の檜に雲を呼んで、今やんだ五月雨がまた降り出す。丸顔の人はいつか布団を捨てて椽より両足をぶら下げている。「あの木立は枝を卸したことはないと見える。梅雨も大分続いた。よう飽きもせずに降るの」と独り言の様に言いながら、ふと思いだした体にて、吾が膝頭を丁々と平手を立てに切っ叩く。「脚気かな、脚気かな」

女は洗える儘の黒髪を肩に流して、丸張りの絹団扇を軽く揺るがせば、折々は鬢《びん》のあたりに、そよと乱るる雲の影、収まれば淡き眉の常よりなお晴れやかに見える。桜の花を砕いて織り込める頬の色に、春の夜の星を宿せる眼を涼しく見張りて「私も画になりましょうか」と言う。はきと分からねど白地に葛の葉を一面に崩して染め抜きたる浴衣の襟をここぞと正せば、暖かき大理石にて刻める如き頚筋が際立ちて男の心を惹く。

「其儘、其儘、其儘が名画じゃ」と一人が言うと

「動くと画が崩れます」と一人が注意する。

「画になるのも矢張り骨が折れます」と女は二人の眼を嬉しがらせようともせず、膝に乗せた右手をいきなり後ろへ廻して体をどうと斜めに反らす。丈長き黒髪がきらりと灯を受けて、さらさらと青畳に障る音さえ聞こえる。

「南無三、好事魔多し」と髯ある人が軽く膝頭を打つ。「刹那に千金を惜しまず」と髯なき人が葉巻の飲み殻を庭先へたたきつける。隣の合奏はいつしかやんで、緋を伝う雨天の音のみが高く響く。蚊遣火はいつの間にやら消えた。

「夜も大分更けた」

「ホトトギスも鳴かぬ」

「寝ましょうか」

夢の話はつい中途で流れた。三人は思い思いに臥所《ふしど》に入る。

三十分の後、彼らは美しき多くの人の……という句も忘れた。クヽー（鳥の鋭く鳴く声）という声も

忘れた。蜜を含んで針を貫く隣の合奏も忘れた、蟻の灰吹をよじ登った事も、蓮の葉に下りた蜘蛛の事も忘れた。彼らはようやく太平に入る。

すべを忘れ尽くしたる後女はわがうつくしき眼と、うつくしき髪の主であることを忘れた。一人の男は髯のある事を忘れた。他の一人は髯のない事を忘れた。彼らはますます太平である。

昔阿修羅が帝釈天と戦って敗れたときは、八万四千の眷属を領して藕糸孔中《ぐうしこうちゅう》（注1）に入って蔵《かく》れたとある。維摩《ゆいま》（注2）が方丈の室に法を聴ける大衆千か万か其数を忘れた。胡桃《くるみ》の裏に潜んで、われを尽大千世界の王と思わん（注3）とはハムレットの述懐と記憶する。

粟粒芥顆《ぞくりゅうかいか》（注4）のうちに蒼天もある大地もある。一生《いっせい》師に問うて言う、分子は箸でつまめるものですかと。分子は暫く措《お》く。天下は箸の端《さき》にかかるのみならず、一たび掛け得れば、いつでも胃の中に収まるべきものである。

また思う。百年は一年の如く、一年は一刻の如し。一刻を知れば正に人生を知る。日は東より出て必ず西に入る。月が満ちれば欠ける。徒《いたず》らに茫々たる時に身神《しんしん》を限らるるを恨むに過ぎぬ。日月は欺くとも己を欺くは智者とは言われまい。一刻に一刻を加えれば二刻と殖えるのみじゃ。蜀《しょく》川十様《せんじゅうよう》（注5）の錦、花を添えて、いくばくの色をか変ぜん。

八畳の座敷に髯のある人と、髯のない人と、涼しき眼の女が会して、斯の如く一夜を過ごした。彼らの一夜を描いたのは彼らの生涯を描いたのである。

何故三人が落ち合った？　それは知らぬ。三人は如何なる身分と素性と性格を有する？　それもわからぬ。三人の言語動作を通じて一貫した事件が発展せぬ？　人生を書いたので小説をかいたのではないから仕方がない。なぜ三人とも一時に寝た？　三人とも一時に眠くなったからである。

注1　蓮の茎を折った時に出る糸の細い穴の中に隠れること。
注2　『維摩経』の中心になって活躍する架空の人物、維摩詰。
注3　『ハムレット』第二幕第二場における台詞。
注4　粟や芥子のように微小なものの喩え。
注5　中国の蜀で作られた十種類の美しい錦。

〔薤露行《かいろ》〕（注1）

アーサー（注2）を嫌うにあらず、ランスロット（注3）を愛するなりとはギニヴィア（注4）の己《おの》れにのみ語る胸のうちである。

北の方なる試合果てて、行けるものは皆館に帰れるを、ランスロットのみは影さえ見えず。帰れかしと念ずる人の便りは絶えて、思わぬものの轡《くつわ》を連ねてカメロット（注5）に入るは、見るも益なし。

一日には二日を数え、二日には三日を数え、遂に両手の指を悉《ことごと》く折り尽くして十日に至る今日までなお帰るべしとの願いを掛けたり。

「遅き人のいずこに繋がれたる」とアーサー。「繋ぐ日も、繋ぐ月もなきに」とギニヴィアは答えるが如く答えるざるが如し。心はその人の名を聞きてさえ躍るを。話の種の思う坪に生えたるを、寒き息にて吹きからすは口惜し。

「後れて行くものは後れて帰る掟か」とギニヴィアは片頬に笑う。女の笑う時は危うい。「後れたるは掟ならぬ恋の掟なるべし」とアーサーは穏やかに笑う。アーサーの笑いにも特別の意味がある。

　恋という字の耳に響くとき、ギニヴィアの胸は錐《きり》に刺されし痛みを受けて躍り上がる。耳の裏には颯《さ》と音して血を注《さ》す。アーサーは知らぬ顔である。「あの袖こそ美しからん。……」「あの袖とは？袖の主とは？　美しからんとは？」とギニヴィアの呼吸は弾んでいる。

「白き挿毛《さしげ》に、赤き鉢巻ぞ。去る人の贈り物とは見たれ。繋がるるも道理じゃ」とアーサーはからからと笑う。「主の名は？」「名は知らぬ。ただ美しき故に美しき少女というと聞く。過ぐる十日を繋がれて、残る幾日を繋がるる身は果報なり。カメロットには足は向くまじ」

「美しき少女！　美しき少女！」と続けさまに叫んでギニヴィアは薄き履《くつ》に三たび石の床に踏みならす。肩に負う髪の時ならぬ波を描いて、二尺あまりを一筋ごとに末まで渡る。

　夫《おっと》に二心なきを神の道との教えは古し。神の道に従うの心易き知らずと言わじ。心易きを自ら捨てて、捨てたる後の苦しみと嬉しを見しも君が為なり。

　春風に心なく、花自ら開く。花に罪ありとは下れる世の言の葉に過ぎず。恋を写す鏡の明なるは鏡の徳なり。かく観ずる裡《うち》に、人にも世にも振り棄てられたる時の慰藉はあるべし。

かく観ぜんと思ひ詰めたる今頃を、わが乗れる足台は覆《くつがえ》されて、踵を支えるに一塵だになし。引き付けられたる鉄と磁石の、自然に引き付けられたれば咎《とが》も恐れず、世を憚りの関一重あなたへ越せば、生涯の落ち付はあるべしと念じたるに、引き寄せたる磁石は火打石と化して、吸われし鉄は無限の空裏を冥府《よみ》へ隕《お》つる。

わが座る床几の底抜けて、わが乗る壇の床崩れて、わが踏む大地の殻砕けて、己を支えうる者は悉く消えたるに等し。ギニヴィアは組める手を胸の前に合せたる儘、右左より骨も摧けよと圧《お》す。片手に余る力を、片手に抜いて、苦しき胸の悶えを人知れぬ方へ洩らさんとするなり。

「なに事ぞ」とアーサーは聞く。

「なに事とも知らず」と答えたるは、アーサーを欺けるにもあらず、また己を誣《し》い（注6）たるにもあらず。知らざるを知らずと言えるのみ。まことはわが口にせる言葉すら知らぬ間に咽《のど》を転び出でたり。

ひく浪の返す時は、引く折の気色を忘れて、逆《さか》しまに岸を噛む勢の、前よりは凄じきを、浪自らさえ驚くかと疑う。はからざる便りの胸を打ちて、度を失えるギニヴィアの、己れを忘るる迄われに遠ざかる後には、悠然として常よりも切なき吾に復《かえ》る。何事も解せぬ風情に、驚きの眉をわが額の上にあつめたるアーサーを、わが夫と悟れる時のギニヴィアの眼には、アーサーはしばらく前のアーサーにあらず。

人を傷つけたるわが罪を悔いるとき、傷負える人の傷ありと心付かぬ時程悔の甚しきはあらず。聖徒に向って鞭を加えたる非の恐しきは、鞭打てるものの身に跳ね返る罰なきに、自らとその非を悔い

〔薤露行〕
アーサーを嫌うにあらず、ランスロットを愛するなりとは……

たればなり。吾を疑うアーサーの前に恥ずる心は、疑わぬアーサーの前に、わが罪を心のうちに鳴らすが如く痛からず。ギニヴィアは悚然《しょうぜん》として徹する寒さを知る。

「人の身の上はわが上とこそ思え。人恋わぬ昔は知らず、嫁ぎてより幾夜か経たる。赤き袖の主ランスロットを思う事は、御身のわれを思う如くなるべし。贈り物あらば、吾も日を、二十日を、帰るを、忘るべきに、罵るは卑し」とアーサーは王妃の方を見て不審の顔付である。

「美しき少女！」とギニヴィアは三たびエレーン（注7）の名を繰り返す。このたびは鋭き声にあらず。去りとては憐を寄せたりとも見えず。

アーサーは椅子に倚る身を半ば回らして言う。「御身とわれと始めて逢える昔を知るか。丈《じょう》に余る石の十字を深く地に埋めたるに、蔦《つた》這いかかる春の頃なり。路に迷いて御堂にしばし憩わんとは入れば、銀に鏤《ちりば》む祭壇の前に、空色の衣を肩より流して、黄金の髪に雲を起せるは誰ぞ」

女はふるえる声にて「あゝ」とのみ言う。床《ゆか》しからぬにもあらぬ昔の、今は忘るるをのみ心易しと念じたる矢先に、容赦もなく描き出されたるを堪えがたく思う。「安からぬ胸に、捨てて行ける人の帰るを待つと、凋《しお》れたる声に似てわれに語る御身の声をきく迄は、天つ下れるマリヤのこの寺の神壇に立てりとのみ思えり」

逝ける日は追えども帰らざるに、逝ける事は永久に暗きに葬る能《あた》わず。思うまじと誓える心に発矢《はっし》と中《あた》る古き火花もあり。

「伴いて館に帰し参らせんと言えば、黄金の髪を動かして何処へともうなずく……」と途中に句を切ったアーサーは、身を起こして、両手にギニヴィアの頬を抑えながら上より妃の顔を覗き込む。新たなる記憶につれて、新たなる愛の波が、一しきり打ち返したのであろう。王妃の頬は屍を抱くが如くつめたい。アーサーは覚えず抑えたる手を放す。折から回廊を遠く人の踏む音がして、罵る如き幾多の声は次第にアーサーの室に逼る。

入口に掛けたる厚き幕は総《ふさ》に絞らず、長く垂れて床をかくす。かの足音の戸に近くしばらくとまる時、垂れたる幕を二つに裂いて、髪多く丈高き一人の男があらわれり。モードレッド（注8）である。

モードレッドは会釈もなく室の正面までつかつかと進んで、王の立てる壇の下にとどまる。続いて入るはアグラヴェン（注9）、逞しき腕の、寛《ゆる》き袖を洩れて、赭き頸の、かたく衣の襟に括られて、色さえ変わるほど肉づける男である。二人の後には物色する遑なきに、どやどやと、我勝ちに乱れ入りて、モードレッドを一人前に、ずらりと並ぶ。数は凡てにて十二人。何事かなくては叶わぬ。

モードレッドは、王に向って会釈せる頭を擡《もた》げて、そこ力のある声にて言う。「罪あるを罰するは王者の事か」

「問わずもあれ」と答えたアーサーは今更という面持ちである。

「罪あるは高きをも辞せざるか」とモードレッドは再び王に向かって問う。

アーサーは我とわが胸を敲《たた》いて「黄金の冠は邪《よこしま》の頭に戴かず。天子の衣は悪を隠さず」と壇上に延び上がる。肩に括る緋の衣の、裾は開けて、白き裏が雪の如く光る。

「罪あるを許さずと誓わば、君が傍に座せる女をも許さじ」とモードレッドは臆する気色もなく、一指を挙げてギニヴィアの眉間を指す。ギニヴィアは屹《き》と立ち上がる。

茫然たるアーサーは雷火に打たれたる唖の如くわが前に立てる人——地に抽《ぬ》き出でし巌とばかり立

〔薤露行〕
アーサーを嫌うにあらず、ランスロットを愛するなりとは……

てる人を見守る。口を開けるはギニヴィアである。

「罪ありと我を誣《し》いるか。何をあかしに、何の罪を数えんとはする。詐《いつわ》りは天も照覧あれ」と繊《ほそ》き手を抜けでよと空高く挙げる。

「罪は一つ。ランスロットに聞け。あかしはあれぞ」と鷹の眼を後ろに投ぐれば、並びたる一二人は悉く右の手を高く差し上げつつ、「神も知る、罪は逃れず」と口々に言う。

ギニヴィアは倒れんとする身を、危く壁掛に扶《たす》けて「ランスロット」と幽かに叫ぶ。王は迷う。肩に纏《まつ》わる緋の衣の裏を半ば返して、右手の掌《たなごころ》を一三人の騎士に向けたる儘にて迷う。

この時館に中に「黒し、黒し」と叫ぶ声が石堞《せきちょう》(注10)に響きを反して、窈然《ようぜん》と遠く鳴る木枯の如く伝わる。やがて河に臨む水門を、天に響けと、錆びたる鉄鎖に軋らせて開く音がする。室の中なる人々は顔と顔を見合す。ただ事ではない。

注1　明治三九年三月二日付の川本(当時横前)敏亮宛の書簡に次のように書いている。「薤露行御愛読被下候よし感銘の至に不堪候。お尋ねの文句「うれしきものに罪を思えば罪ながかれと祈る憂身ぞ」と申す句は下記の様な意味で使用せる積りに候〝恐ろしき罪は犯したれどその内に嬉しき節もあればその嬉しさに引かされて永くこの罪を犯して居りたしとまで恋に心を奪われたるうき吾身なり〟という考えにて使用致候処生硬なる為御疑をまねき候。元来小生のかきたるあるものはよく人より難解と言われ候。自らかく折は俳句など作る折の考えにて文章をやり候故この位なら通るだろうと考え候えども俳句をよむ様な心得にて小説をよむ人は滅多になきため難しくて分からぬと思う人が多きならんと存候。骨を折っ

て人にわからぬ様に致すは一方から云えば愚かな事に候。」
「題は古楽府《こがふ》中にある名の由に候。御承知の通り〝人生は薤上《かいじょう》の露の如く晞《かわ》き易し〟と申す語より来り候。無論音にてカイロと読む積りに候。自己の作物が読者に快感を与うるよりうれしき事は候わず。作物の目的は是に於いて完く成就されたるものに候。重ねて大兄の厚志を謝し候。」（「古楽府」とは漢代に起った楽府、すなわち漢詩の一体で、その楽曲を「行」という。「薤」は食用の「にら」や「ラッキョウ」のこと。

注2　五世紀ごろのイギリスの伝説的大王。中世イギリス、フランス、ドイツにアーサー王と円卓の騎士にまつわる伝説が形成され、やがてサー・トマス・マロリーの『アーサー王の死』によって集成された。後世の文学に多大な影響を与える。

注3　円卓の騎士中の第一の勇士。「円卓の騎士」とはアーサー王伝説の騎士たちをいう。円卓の周囲には一五〇人の騎士が坐れることになっているが、その坐る位置によって上下の差別をつけないところに大きな特徴がある。

注4　アーサー王の妃。

注5　伝説のアーサー王の宮殿の名。ウィンチェスター説、サマセット州のキャメルフォード説、南ウェールズ州セイロン説がある。

注6　「欺く」こと。

注7　ランスロットに恋する少女。テニソンの『国王の牧歌』第七編「ランスロットとエレーン」による。

注8　アーサー王の甥。円卓の騎士の裏切り者となり、王に反逆。王位簒奪を計って殺害されるが、アーサー

王も事実上モードレッドに滅ぼされる。

注9　アーサー王伝説中の人物。モードレッドとともにランスロットと敵対。アーサー王に対し、ギニヴィアとランスロットの関係を暴露する。

注10　石でこしらえた姫垣。

〈趣味の遺伝〉ロメオがジュリエットに一目惚れする。エレーンがランスロットをこの男だと思い詰める。

一

陽気の所為《せい》で神も気違になる。「人を屠りて飢えたる犬を救え」と雲の裡《うち》より叫ぶ声が、逆《さか》しまに日本海を撼《うご》かして満州の果まで響渡った時、日人《にちじん》と露人《ろじん》ははっと応えて百里に余る一大屠殺場を朔北(注1)の野に開いた。

怖い事だと例の通り空想にひたりながらいつしか新橋にきた。みると停車場の広場は一杯の人で凱旋門（注2）を通して二間ばかりの路《みち》を開いた左右には割り込むこともできないほど行列をなしている。何だろう？

ははあ歓迎だとはじめて気がつくと、戦争を狂神の所為にしたり、軍人を犬に食われに戦地に行くように想像したことが極まりが悪くなった。約束した人はなかなか来ない。すれ違った男が「もう直です。二時四五分ですから」と言った。万歳の一つぐらいは義務にも申してやろうと行列の中に割り込んだ。

「あなたも御親戚のお迎えに」「凱旋の兵士はみなここを通るでしょうか」「みんな通るんです。一人残らず通るんだから二時間でも三時間でもここに立っていれば間違いありません」とささやき合っている。まもなく長蛇の如くのたくって来た列車は、五〇〇人の健児を一度にプラットフォームに吐きだした。

余の左右に並んだ同勢は一度に万歳！　と叫んだ。その音が切れるか切れぬうちに一人の将軍（注3）が挙手《きょしゅ》の礼をしながら余の前を通りすぎた。色のやけた、胡麻塩髯の小作りな人である。左右の人はまた万歳を唱える。余も万歳をしようと思ったが，小石で気管を塞がれたようで万歳が喉笛にこびりついて動かない。

妙な話だが余は生れてからこれまで万歳を唱えたことは一度もない。万歳を唱えてはならないと誰からも指図された覚えもない。また、万歳を唱えては悪いという主義でもない。しかるためにか、そうでないためか、胡麻塩の将軍の姿が見えた瞬間に出かけた万歳がぴたりと中止してしまった。

何故？　何故かわかるものか。予期できん咄嗟の働きに分別ができるものなら人間の歴史は無事な

〔趣味の遺伝〕
ロメオがジュリエットに一目惚れする。エレーンがランスロットをこの男だと思い詰める。

ものである。万歳が止まると共に胸の中に名状しがたい波動がこみ上げてきて、両眼から二雫《ふたしずく》ばかり涙が落ちた。

将軍は生れ落ちてから色の黒い男かもしれない。しかし遼東の風に吹かれ、奉天（注4）の雨に打たれ、沙河《しゃか》（注5）の日に射《い》り付けられれば大抵のものは黒くなる。

昔の将軍と今の将軍を比較する材料はない。しかし指を折って日夜待ちわびた夫人令嬢が見たならば定めし驚くだろう。

戦《いくさ》は人を殺すか、さもなくば人を老いしむるものである。将軍は頗る痩せていた。して見ると将軍の身体中で出征前と変わらぬのは身の丈位のものである。余の如きは書斎以外いかなる出来事が起こるか知らんでも済む天下の逸民《いつみん》である。

平生戦争の事は新聞で読まんでもない。またその状況は詩的に想像せんでもない。しかし想像はどこまでも想像であって新聞は横から見ても、縦から見ても紙片にすぎない。だからいくら戦争が続いても戦争らしい感じがしない。その気楽な人間がふと停車場に紛れ込んで第一に眼に映じたのが日に焼けた顔と霜に染まった髯である。

この戦争の影とも見るべき一片の周囲を繞《めぐ》る者は万歳という歓呼の声である。この声が即ち満州の野に起った咄喊《とっかん》の反響である。万歳の意義は字の如く読んで万歳にすぎないが、咄喊となると趣が異なる。

咄喊はワーと言うだけで万歳の様に意味も何もない。しかしその意味のない所に大変な深い情が籠っている。人間の音声には黄色いのも濁ったのも澄んだのも太いのも色々あって、この言語調子もまた分類できないくらいまちまちであるが、一日二四時間のうちに二三時間五〇分までは皆意味のある言葉を使っている。

着衣の件、喫飯《きっぱん》の件、談判の件、駆引きの件、挨拶の件、すべて件とつく名のものは皆口から出る。仕舞には件がなければ口から出るものは無いとまで思う。そこへもってきて、件のないのに意味のわからない音声を出すのは尋常ではない。出しても用の足りぬ声を使うのは経済主義から言っても功利主義から言っても割に合わぬに決まっている。

その割に合わぬ声を無作法に他人様に御聞きに入れて何等の理由もないのに罪のない鼓膜に迷惑をかけるのはよくせきのことでなければならぬ。咄喊はこのよくせき（よほどのことでない事）を煎じ詰めて、煮詰めて缶詰にした声である。死ぬか、生きるか娑婆か地獄かという際どい針線《はりがね》の上に立って身震いをするとき自然と横隔膜の底から湧き上がる至誠の声である。

助けてくれというちに誠はあろう。殺すぞと叫ぶうちにも誠はない事もあるまい。意味の通じる言葉を使うだけの余裕分別のあるうちは一心不乱の至境に達したとは申されぬ。咄喊にはこんな人間的な分子は交じっていない。ワーというのである。このワーは厭味もなければ思慮もない。理もなければ非もない。詐《いつわ》りもなければ懸引もない。徹頭徹尾ワーである。

結晶した精神が一度に破裂して上下四囲の空気を振盪《しんとう》させてワーと鳴る。万歳の助けてくれの殺すぞのとそんなけちな意味を有して居らぬ。ワーその物が直ちに精神である。霊である。人間である。誠である。しかして人界崇高の感は耳を傾けてこの誠を聴き得たる時に始めて享受しうると思う。

耳を傾けて数十人、数百人、数千数万人の誠を一度に聴き得たる時にこの崇高の感は始めて無上絶

〔趣味の遺伝〕
ロメオがジュリエットに一目惚れする。エレーンがランスロットをこの男だと思い詰める。

大の玄境に入る。――余が将軍を見て流した涼しい涙はこの玄境の反応だろう。

注1　ここでは日露戦争（明治三七年―三八年）の戦場となった満州をさす。

注2　日露戦争終結後、戦場からの帰還兵を迎えるために新橋駅頭に巨大な楼門が建てられた。

注3　東郷平八郎（一八四七―一九三四）のことか。岩波全集第二八巻（索引）によると『猫』五話・六話、第二三巻（日記）、第二五巻（講演）などに東郷平八郎が登場する。第二五巻に収録された「戦後文界の趨勢」（「新小説」一〇年八巻、明治三八年八月一日）では東郷元帥と大和魂と文学について、次のような興味ある談話を発表している。

「吾々は大和魂、あるいは武士魂ということを今まで口にしたが、しかしこれを今日まで無暗に口にしてきたというのはある必要から出たのではあるまいか。これを事実の上に現ずることなしに、その声をして高からしめんと叫んだのは、一方に精神の消耗ということを抱いたが為めではあるまいか。自信あっていったのでなくしてその精神の消耗を杞憂する恐怖という語の呼び換えられた叫びであると思わしめたのも余儀ない。（略）。つまり今日まで苦し紛れに言った大和魂は、真実に自信自覚して出た大いなる叫びと変化した。人間の気分が大きくなって、向うも人なら、吾も人だという気になる。ネルソンもエライかも知れぬが、わが東郷大将はそれ以上であるという自信である。」

また第二二巻（日記）、明治四二年九月一〇日の日記には、「新市街は廃墟の感あり。宿の前にて虫しきりに鳴く。港は暗緑にて鏡の如し。古戦場の山を望む。……。旅順の記念碑を汽車中から望む。二百何尺の高さなり。この二三日東郷大将来る」とある。この旅行は友人の中村是公の招待による。「満韓と

ころどころ」（第一二巻収録）

注4　中国北東部の首都。

注5　奉天の南約一五キロメートル。

二

浩《こう》さん！　浩さんは去年の十一月旅順で戦死した。新橋へ行って色の黒い将軍を見、色の黒い軍曹を見、背の低い軍曹の御母さんを見て涙を流した。浩さんにも御母さんがいる。もし浩さんが無事戦地から帰って来て御母さんが新橋へ出迎えに来たとすればやはりあの婆さんの様にぶら下がるかもしれない。

幸い今日は暇だから浩さんのうちに行って久しぶりに御母さんを慰めてやろう？　しかし慰めに行くのはいいが、あすこに行くと、行く度に泣かれるので困る。先達てなどは一時間半ばかり泣き続けに泣かれて、大いに応対に窮したくらいだ。今日は見合わせよう。

訪問は見合わせることにしたが、昨日の新橋事件を思うと、どうも浩さんの事が気になって困る。何等かの手段で親友を弔ってやらなければならない。寺参りがよい。浩さんは松樹山の塹壕からまだ上がって来ないがその紀念の遺髪は遥かの海を渡って駒込の寂光院に埋葬された。ここに御参りしようと西方町の我が家を出る。

〔趣味の遺伝〕
ロメオがジュリエットに一目惚れする。エレーンがランスロットをこの男だと思い詰める。

寂光院の本堂を右手に左へ回ると墓場である。墓場の入口には化銀杏《ばけ》がある。ただし化の字は余がつけたのではない。聞く所によるとこの界隈で寂光院の化銀杏といえば誰も知らない者はいない。しかし何が化けたってこんなに高くなりそうもない。三抱えもある大木だ。

閑静である。――すべてのものの動かぬのが一番閑静だと思うのは間違っている。動かない大面積の中に一点動くから一点以外の静けさが理解できる。しかもその一点が動くという感じを過重《かちょう》ならしめぬ位、否、その一点の動く事それ自らが定寂《じょうじゃく》の姿を帯びて、しかも他の部分の静粛な有様を反思《はんし》せしむるに足る程に靡《なび》いたなら――その時が一番閑寂の感を与えるものだ。

銀杏の葉の一陣の風なきに散る風情はまさにこれである。限りもない葉が朝、夕を厭わず降ってくるのだから、木の下は黒い地の見えぬ程扇形の小さな葉で敷きつめられている。

浩さんの墓は古いという点においてはこの古い卵塔場内で大分幅の利く方である。何でも浩さんの御父さんが入り、御爺さんも入り、その又御爺さんも入ったとあるから決して新しい墓とはいえない。古い代わりには隣の寺の境に一段高くなった景勝の地を占めているのが河上家代々の墓である。

墓は化銀杏を通り越して一筋道を北へ二十間歩けばよい。半分ほど来てふと何気なしに眼をあげて自分の詣ろうとする墓の方を見た。誰かわからないが後ろ向きになってしきりに合掌している様子である。遠くからみても男でないことはわかる。恰好からいっても女だ。

女の背中一杯に広がっている帯は決して黒っぽいものでもない。光彩陸離たる矢鱈に綺麗なものだ。若い女だ！　しゃがんだまま熱心に河上家代々の墓を礼拝している。すると女はすっくら立ち上がった。背景が北側の日影で、黒い中に女の顔が浮き出した様に白く映る。眼の大きな頬の緊《しま》った領《えり》の長い女である。

　余がこの年になるまでに見た女の数は夥しいものである。往来の中、電車の上、公園の内、音楽会、劇場、縁日、随分見たといってよい。しかしこれ程驚いたことはない。この時ほど美しいと思った事はない。

　今までは人が後ろに居ようとは夢にも気が付かなかった女も、帰ろうとして歩き出す途端に、茫然として佇んでいる余の姿を見て、石段の上に一寸立ち留まった。下から眺めた余の眼と上から見下ろす女の視線が五間隔てて互い行き当たった時、女はすぐ下を向いた。すると飽くまで白い頬に裏から朱を溶いて流した様な濃い色がむらむら滲み出した。見るうちにそれが顔一面に広がって耳の付け根まで真っ赤に見えた。……

三

「その美人の顔は覚えていますか」と余にとっては頗《すこぶる》重大な質問をかけて見た。「覚えているとも。わしもその頃は若かったからな。若い者には美人がよく眼につく」とからからと笑った。

「どんな顔ですか」「どんなと言っても別に形容しようもない。しかし血統は争えんもので、今の小野田の妹がよく似ている。御存知ないかな、工学博士の小野田を」「白山の方に居るでしょう」と言い放ってから老人の顔を見た。

　寂光院でみた女はこの小野田の令嬢にちがいない。余が主張する趣味の遺伝という理論を証拠立て

〔趣味の遺伝〕
ロメオがジュリエットに一目惚れする。エレーンがランスロットをこの男だと思い詰める。

るに完全な例が出てきた。ロメオがジュリエットを一目見る、そうしてこの女に相違ないと先祖の経験を数十年の後に認識する。エレーンがランスロットに逢ってこの男だぞと思い詰める。

父母未生以前に受けた記憶と情緒が、長い時間を隔てて脳中に再現する。二十世紀の人間は散文的である。一寸見てすぐ惚れる様な男女を軽薄という。小説だという。不思議な現象に逢わぬ前ならとにかく、逢った後にも、そんな事があるものかと看過するのは、看過するものの方が馬鹿だ。

この老人の話によると、この男は小野田の令嬢も知っている。浩さんが戦死したことも覚えている。するとこの両人は同藩の縁故でこの屋敷へ出入りして互いに顔ぐらいは見合っているのかも知れん。「さっき浩一の名前を仰《おしゃ》ったようですが、浩一は生存中御屋敷によく上がりましたか」「いいえ、ただ名前だけ聞いているばかりで、親父はわしと終夜議論をした間柄じゃが、――親父の貢五郎も早くなったこともあり――せがれは五、六歳のときに見たぎりで頓と逢ったこともありません」

余は前にも断った通り文士ではない。余は学問読書を専らとする身分だから、こんな小説めいた事を長々と書くひまがない。新橋で軍隊の歓迎を見て、その感慨から浩さんの事を追想して、それから寂光院の不可思議な現象に逢ってその現象が学問上から考えて相当の説明がつくという道行きが読者の心に合点できればこの一編の主意は済んだのである。

実は書き出す時は、あまりの嬉しさに勢い込んでできるだけ精密に叙述して来たが、慣れぬ事とて、余計な叙述をしたり、不用な感想を挿入したり、読み返して見ると自分でも可笑《おか》しいと思う位精《くわ》しい。その代わりここ迄書いてきたらもういやになった。今までの筆法でこれから先を描写すると五、六十枚も書かなければならない。

老人と面会した後には事件の順序として小野田という工学博士に逢わなければならん。例の同僚からの紹介を持って行ったら快く談話してくれた。二、三度訪問するうちに、何かの機会で博士の妹に逢わせてもらった。妹は余の推量に違わず例の寂光院の女であった。

妹に逢ったとき顔でも赤らめるかと思ったら存外淡泊で平生と異なる様子のなかったのは、いささか妙な感じがした。ただ一つ困難なのは、どうして浩さんの事を言い出したものか、その方法である。無論デリケートな問題であるから滅多に聞けるものではない。

無暗に切り出せばいたずらに彼女を赤面させるか、あるいは知りませんと跳ねつけられるまでの事である。と言って兄の居る前では猶言いにくい。墓参り事件を博士が知って居るならばだけれど、もし知らんとすれば余は好んで人の秘事を暴露する不作法を働いたことになる。

こうなるといくら遺伝学を振り回しても埒はあかん。自ら才子だと飛び回って得意がった余もここに至って大いに進退に窮した。とどのつまり事情を逐一打ち明けて御母さんに相談した。ところが女はなかなか知恵がある。

御母さんは「近頃一人息子を旅順で亡くして朝、夕寂しがって居る女が居る。慰めてやろうと思っても男ではうまく行かんから、おひまな時にお嬢さんを時々遊びにやって上げて下さいとあなたから博士に頼んで見て頂きたい」と言う。早速、博士方へ行って鸚鵡的口ぶりでその旨を伝えると、博士は一も二もなく承諾してくれた。

これが元で御母さんと御嬢さんとは時々会見する。会見するごとに仲が良くなる。一緒に散歩する。御膳をたべる、まるでお嫁さんの様になった。とうとう御母さんが浩さんの日記を出して見せた。そ

〔趣味の遺伝〕
ロメオがジュリエットに一目惚れする。エレーンがランスロットをこの男だと思い詰める。

の時に御嬢さんは何と言ったかと思ったら、それだから私は御寺参りして居りましたと答えたそうだ。何故白菊をお墓に手向けたのかと問い返したら、白菊が一番好きだからという挨拶であった。

　余は色の黒い将軍を見た。婆さんがぶら下がる軍曹を見た。ワーという歓迎の声を聞いた。そうして涙を流した。浩さんは塹壕へ飛び込んだきり上がってこない。誰も浩さんを迎えに出たものはない。天下に浩さんの事を思っているのはこの御母さんとこの御嬢さんばかりであろう。余はこの両人の睦まじき様を目撃する度に、将軍を見た時よりも、軍曹を見た時よりも、清き涼しき涙を流す。博士は何も知らぬらしい。

終章　漱石の恋と愛

1　金之助こと漱石が大学予備門に入るまで

明治三〇年（一八九七）に京都帝国大学ができるまでは、東京帝国大学は東京第一高等中学校を含む全国五区にわけて創設された高等中学校を傘下において唯一最高学府として機能した。東京帝国大学の予備門としての高等学校は、東京以外に大阪、山口、仙台、金沢、熊本、鹿児島につくられた。

ところで漱石こと塩原金之助は明治一七年九月一一日、一ツ橋外神田にあった東京大学予備門予科（現・千代田区神保町一丁目）に入学した。同級には柴野（中村是公）、太田達人、橋本左五郎や正岡子規・芳賀矢一・南方熊楠《くまくす》・山田美妙らがいた。

入学当時、金之助は兄大助と一緒に芝金杉一丁目（現・港区芝一丁目）高橋家に寄留して、兄大助に学費などの援助を受けて過ごしたが、明治一九年九月ごろから中村是公と一緒に、本所区松坂町二丁目二〇番地（現・墨田区両国二丁目と三丁目）にある江東義塾の教師としてその寄宿舎に移り住んでいる。

金之助の予備門から大学時代にかけての友人には地方出身者が多い。広島生まれの中村是公、松山の正岡子規、岡山の橋本左五郎、盛岡の太田達人、秋田大館の狩野亨吉、前橋の大塚保治、石川の米山保三郎、鹿児島の佐藤友熊などである。

日本全国から首都東京に集まるなかで、江戸東京出身の金之助が自分にはない地方人固有の性格をもつ面々と交際するようになるのは自然の成り行きであった。予備門に入るために通った神田成立学舎出身の金之助、太田達人、橋本左五郎らが「十人会」を作ったのも、太田達人ら地方出身者が神田猿楽町の末富屋に下宿していたからである。

金之助が成立学舎に入ったのは明治一六年七月から九月の間になるが、漢学専門の二松学舎を中途退学してから成立学舎に入るまでの約二年間の漱石の行動は不明だと江藤淳は『漱石の時代』で指摘している。

成立学舎とは予備門に入るための予備校だが、松山中学を中途退学した子規が上京して入った共立学校などもその予備校の類である。金之助は二松学舎の前に入学した東京府立一中も二年で退学した。

荒正人は「中退の原因はよく分からぬ。母ちゑの死が原因だとも推定される。ただし、ちゑの生存中ならば別の原因だろう」としている。荒正人の『漱石年表』の注によると「金之助は東京府立中学校の授業にあきたりなかったのか、家人がうるさいので学校に行くような顔をして家を出て、よそで閑潰《ひまつぶ》しをして帰ってきていた」という田中康隆（未詳）の言葉を引用している。そして四月、麹町の漢学塾の二松学舎第三級第一課に入学し、漢文学を学び、一一月第二級第三課を終了する。

荒正人は明治一五年（漱石一六歳）の項の末尾で「明治一五、六年頃まで、金之助は塩原家にたびたび出入りする。塩原昌之助は後妻かつの連れ子れんを金之助の嫁にと考えていたが、やがて塩原昌之助の考えも変わり、次第に寄り付かなくなる」とし、注には、「白井かつ（昌之助の後妻）が関壮一郎に語ったところによれば、れんは軍人の許嫁がいたから金之助とれんの結婚の件は絶対にないと強く否定する」（関壮一郎「『道草』のモデルを語る記」）とある。

『漱石年表』から関係個所を引用したが、漱石自身は府立一中を中退した一四、五歳ごろについて、雑誌「中学文芸」「落第」（明治三九年六月一日）、『趣味』「僕の昔」（明治四〇年二月一日）、「中学世界」（明治四二年一月一日）などに発表している。

これらの記事は岩波版『漱石全集』（第二五巻、別冊上、一九六六年）に収録されているので参照されたい。そのなかの「落第」では次のように語っている。

元来僕は漢学が好きで随分興味が有って漢籍は沢山読んだものである。今は英文学などをやって居るが、其頃は英語と来たら大嫌い、手に取るのも嫌な気がした。兄が英語をやって居たから家では少し教えられたけれど、教える兄は癇癪持ち、教わる方の僕は大嫌いと来て居るから到底長く続く筈もなく、ナショナルの二位でお終いになって了ったが、考えてみると漢籍許り読んでこの文明開化の世の中に漢学者になった処が仕方がなし、別に之という目的があった訳でもなかったけれど、此儘で過ごすのは充《つま》らないと思う処から、兎に角大学へ入って何かを勉強しようと決心した。

金之助は英語をやるのか漢学をやるのか迷っていた。家では府立一中を辞めるのを反対され、長兄の大助には将来のため英語をやるように勧められていた。当時、英語を含む普通科目を教える学校を正則中学校と呼び、英語のみ教える学校を変則中学校と呼んでいた。現在の私たちにはあまり聞きなれない「正則科」と「変則科」について、漱石は次のように語っている。

私は東京で生れ、東京で育てられた、いわば純粋の江戸ッ子である。はっきり記憶して居らぬが、何でも一一、二の頃小学校の門（八級制度の頃）を終えて、それから今の東京府立第一中学（其の頃一ッ橋にあった）に入ったのであるが、何時も遊ぶ方が主になって、勉強と云う勉強はしなかった。もっともこの学校に通っていたのはわずか二、三年に止り、感ずるところがあって自ら中退してしまったが、それには曰くがある。

この中学というのは、今の完備した中学などとは全然異っていて、その制度も正則と、変則との二つに分れていたのである。

正則というのは日本語ばかりで、普通学のすべてを教授されたものであるが、その代り英語は更にやらなかった。変則の方はこれと異って、ただ英語のみを教えるというに止っていた。それで、私はどれに居たかと云えば、この正則の方であったから、英語はすこしも習わなかったのである。

英語を修めていないから、当時の予備門に入ることが難しい。これではつまらぬ、今まで自分の抱いていた、志望が達せられぬことになるから、是非止そうという考えを起したのであるが、なかなか親が承知してくれぬ。

そこで、よんどころなく毎日々々弁当を吊るして家は出るが、学校には往かずに、そのまま途中で道草を食って遊んで居た。そのうちに、親にも私が学校をやめたいという考えが解ったのだろう、間もなく正則の方は退くことになったというわけである。（「中学世界」明治四年一月一日）

変則科には狩野亨吉、正則科には幸田露伴がいた。ちなみに露伴は漱石と同じ慶応三年（一八六七）の生れだが、明治二二年に『風流仏』を発表してはやばやと小説家として登場している。金之助が府立一中の変則科に進んでいれば、そのまま予備門に進学することができるはずであった。

予備門に入るためには英語ができなければならないから、成立学舎を選ぶのはわかるが、金之助がその前に漢学専門の二松学舎に入って一年で退学していることは、金之助が将来の志望に迷いがあったにちがいないと言われている。しかし迷いばかりではない理由があった。

今西順吉の『漱石文学の研究』によれば、三島中州という大審院判事を廃官になった人物が明治一〇年、「漢学再興ノ為、生活ノ為」を計って創設した二松学舎が金之助の入学した頃、『中学校教則大綱』（明治一四年公布、明治一六年施行）により中学校の資格を失い、各種学校に格下げになったのである。というのは、東京府は明治一六年七月、東京府中学校の教則を含む規則及び学科課程表を発表して、英・数・物理・地理などの教授時間を増やし、和漢文の時間を大幅に削減したのであった。

2 養父昌之助の後妻かつの連れ子れん＝御縫の事

このような政治・行政・経済・教育・文化面の急激な変動が無防備な若年層に与える精神的な影響は計り知れない。夏目金之助の場合、不条理な幼児体験と家族内の父母兄弟に起ったさまざまなトラブルは良くも悪くも金之助の精神になみなみならぬ変容をもたらした。

金之助が小学校を卒業するころ、長姉佐和（父違いの姉）が亡くなり、先述のように母ちゑが亡くなっている。佐和は里子に出された金之助が笊《ざる》に入れられて四谷の夜店に晒されているところを実家に連れ戻した尊敬すべき姉であった。

金之助にとって唯一頼りになる母ちゑの死は、精神的支えばかりでなく、金銭的な基盤を失ったことを意味している。また、家族の大黒柱であった長男大助は肺結核にかかり将来が危ぶまれていた。いっぽう次兄直則（二四歳）と三男直矩（二三歳）は不規則であてにならない生活をしていた。

長男大助は安政三年（一八五六）の生まれだから、金之助とは一二歳の違いだ。次男の直則と三男直矩は年子である。明治元年、この三兄弟の年齢が一〇歳前後である。薩長主導の維新政府下の新東京において世情がきわめて不安定なときである。慶応から明治へ、江戸から東京に変わり、とくに大名・旗本の屋敷の多い新宿周辺は混乱を極めていた。

明治維新は江戸幕藩体制の末端の役職に慣れ親しんだ名主やその子弟たちにとって、身の置き所のない予測不可能な時代であった。しかも三人の兄たちは明治五年に施行された下等上等各四年の小学校制度からも疎外された。

『坊っちゃん』に見るように学校の集団教育は各人の個性を磨滅し、かつ露わにする。『硝子戸の中』に登場する次兄直則や三男直矩が声音《こわね》や藤八拳《とうはちけん》に凝った様子から、二人が時代に適応する力を欠いていたというのは言い過ぎであろう。

新東京そのものが時代と歴史の大きな渦のなかに巻き込まれていたからである。江藤淳は「時代の風潮は洋学に向かっているのに、漱石の二松学舎という漢学塾への入学は、まさに漱石の生存競争からの逃避ではないか」と指摘している。しかも漱石は長男大助から勧められた英語を進んで勉強しようとしなかった。故にこのころ漱石は最初の神経症にかかっていたのではないかと、江藤淳は推測する。

それでは江藤淳は漱石のどのような症状を神経症とみなしたのか、江藤の解釈と漱石の当時の状況を次に検証してみよう。

漱石晩年の自伝風作品『道草』の健三と妻との会話は意味深長である。このところ二人の間では金の無心にくる元養父島田が話題の中心になっている。その島田が今日も訪ねてきたかと健三は妻に聞く。「娘の所で来てくれって頼まれたから行ってきたって言いました。大方あの御縫さんという人の宅なんでしょう」と妻は答える。御縫さんとは島田こと昌之助の後妻日根野かつの連れ子れんのことである。れんは金之助より一歳年上であった。

塩原金之助は七歳から九歳までの約二年間はこの塩原昌之助・日根野かつ親子と同居しながら馬場下の実家と養母やすの間を行き来する複雑な生活を強いられていた。後にれん（御縫）は日根野（柴野）という軍人と結婚した。

健三はかつて訪問したときに見た御縫と柴野の新婚当時の様子を忘れることができない。

健三は心のうちで昔見た柴野と御縫さんの姿を並べて考えた。柴野は肩の張った色の黒い人であったが、目鼻立ちからいうとむしろ立派な部類に属すべき男であった。御縫さんは又すらりとした格好の好い女で、顔は面長の色白という出来であった。

ことに美しいのは睫毛の多い切れ長のその眼のように思われた。彼らの結婚したのは柴野がまだ少尉か中尉の頃であった。健三は一度その新宅の門を潜った記憶をもっていた。その時柴野は隊から帰って来た身体《からだ》を大きくして、長火鉢の猫板の上にある洋盃《コップ》から冷酒をぐいぐい飲んだ。御縫さんは白い肌をあらわに、鏡台の前で鬢《びん》を撫でつけていた。彼はまた自分の分として取り配けられた握り鮨をしきりに皿の中からつまんで食べた……（『道草』二二）

この回想場面は健三の屈折した気持ちのなかに言いようのないエロチシズムが漂っている。突然、細君は「御縫さんて人はよっぽど容色《きりょう》が好《よ》いんですか」と聞く。「何故」と健三。妻の質問は単刀直入だが、あまり深入りはしない。「だって貴方のお嫁にするって話があったそうじゃありませんか」と妻。

妻は健三の過去の断片だけは知っている。知っていながら嫌味なく質すところが育ちの良さが表われている。意地が悪いのではない。しかし女特有の勘から、夫健三が御縫さんを好きだったにちがいないことを見抜いている。健三の思いは一挙に御縫さんのことに達する。

健三がまだ一五、六の時分、ある友達を往来へ待たせて置いて、自分一人一寸島田の家に寄ろうとした時、偶然門前の泥溝《どぶ》に架けた小橋の上に立って往来を眺めている御縫さんは、一寸微笑しながら出合頭《であいがしら》の健三に会釈した。それを目撃した彼の友達は独逸語《ドイツ》を習い始めの子供であったので「フラウ門に倚って待つ」と言って冷やかした。

御縫さんは年齢《とし》からいうと彼より一つ上であった。その上そのころの健三は、女に対する美醜の鑑別もなければ好悪も有《も》たなかった。それから羞恥《はにかみ》に似たような一種妙な情緒があって、女に近寄りたがる彼を、自然の力で、護謨球《ごむだま》のように、却って女から弾き飛ばした。

彼と御縫さんとの結婚は、他に面倒のあるなしを差措いて、到底物にならないものとして放棄されてしまった。

江藤淳はこの場面を引用して、「たぶん金之助は第一中学時代に続いて、かなり深刻な精神の危機におそわれていた。それは通常思春期にさしかかった少年が体験するより、もう少し程度の激しいものである」とし、「明治十六年九月、大学予備門受験のための目的で英語習得のため成立学舎にはいるまでの二年間、金之助がどこでなにをしていたかまったく知られていない」と指摘する。

さらに金之助が最初の神経症の徴候を示しているのは金之助がどこでなにをしていたのか、まったく知られていない二年間であって、『道草』（二二）に書かれた健三の「御縫が白い肌をあらわに、鏡台の前で鬢をなでつけていた」という記憶と「フラウ門に倚って待つ」と友人に冷やかされた場面の記憶にあるとしている。

江藤淳は「通常思春期にさしかかった少年の体験する混乱より、もう少し程度の激しいもの」と、金之助の神経症をみているが、『漱石の時代』（第一部「7　儒学と洋学」）で次のように書いている。

金之助は実際、この年上の幼馴染に淡い恋を感じていたかも知れない。母を失った混乱のなかで、十五、六歳の少年が、かつて同じ屋根の下で暮らしたことのある同年輩の娘に惹かれるのは自然だからである。

しかし、それにしてもれんは、この欠落した二年間の霧の中から浮かび上がって、百合の花のような色彩にすぎない。金之助が「女に近寄りたが」りながら近寄れなかったのは、おそらく不在と実在の世界の割れ目に落ち込んだ精神状態にあったためである。

そういえば、彼にとっては「母」というものも、いつも不在と実在の合間にかすんでいるような存在にすぎなかった。塩原やすはたしかに嫌悪するべき実在であったが「母」ではなく、死んだ生母は「母」であったが彼と違う姓を名乗っていた。この実質感の欠如は、のちにいたるまで金之助と女性的なものとの関係を、希薄ではないにせよ不思議に二律背反的なものにした。

江藤淳が金之助の神経症を「通常思春期にさしかかった少年の体験する混乱より、もう少し程度の激しいもの」としていながら、「この年上の幼馴染に淡い恋を感じていたかもしれない」とサラリと書いているのは矛盾している。

さらに「この欠落した二年間の霧の中から浮かびあがった、百合の花のような色彩にすぎない」と語っていることからも、江藤淳が神経症をどのように解釈しているのか、この説明ではわかりにくい。

筆者（林）は、金之助の神経症は江藤の指摘しているような「サラリ」としたものではなく、御縫《ぬい》の存在と記憶は金之助こと漱石の幼年期から少年そして青年時代においても、また後の作家時代の一連の創作過程においても決定的な比重を占めていたと考える。また、序章でも述べたが二五歳で亡くなった嫂《あによめ》登勢も御縫のイメージとダブっている可能性もある。おそらく御縫と登勢はかなり似ていたのかも知れない。

「フラウ」とはドイツ語で妻の意味だが、御縫が立っていた小橋は過去と未来を結ぶ架け橋をシンボリックに表している。すなわち漱石にとって御縫に対する「恋」は宿命的であり、必然的なものであった。もう少し具体的に論じてみようと思うが、その前にあまり知られていない話を紹介する。

3 『漾虚集』や『三四郎』に反映している金之助の恋

漱石研究家の平岡敏夫によると、『道草』に登場する御縫の夫柴野という軍人のモデルは日根野周造のことで、周造は日根野れんと結婚して旧姓平岡から日根野に姓を変えている。れんの実父日根野幸太郎は三五〇石の旗本であったが、明治五年一月に亡くなり、その後幸太郎の妻かつ（加津）はれんを連れて明治七年ごろ、塩原昌之助と出会ったのち、まもなく同棲しそして結婚した。その後、れんは明治一八年ごろ平岡周造と結婚した。周造の実家も幕臣で元は三〇〇石の旗本であった。

漱石の神経症やれんと平岡周造と金之助の三角関係は、漱石の初期の作品『漾虚集』（七編）に収録された『幻影の盾』や『薤露行』、『琴のそら音』や『趣味の遺伝』のストーリーと登場人物をいやがうえにもイメージさせる。

『琴のそら音』の「余」の婚約相手が悪性インフルエンザにかかって死ぬのではないかと強迫的な状

態に陥る場面はフロイトのいう不安神経症的であり、『趣味の遺伝』の「余」は学究的であるが、今風のストーカー的かつ探偵的（漱石の表現）である。事実、『猫』では猫自身が探偵的であることを自負している。また、『趣味の遺伝』の軍人浩さんは平岡周造を連想させる。

平岡敏夫は「漱石の作品に手を変え、品を変え登場する未了の恋の核心は、れんに対する漱石の原体験から生まれている」と指摘する。平岡敏夫が日根野周造の出自を知ったのは、一九九〇年（平成二）五月ごろであった。平岡編の岩波文庫『漱石日記』が出版されてまもなく、札幌在住の平岡周造を大伯父にもつある人物から手紙をもらったからである。

ところで、御縫ことれんは、漱石が『三四郎』を朝日新聞に連載する三ヵ月前の明治四一年六月二日に亡くなっている。れんは従軍看護婦として日露戦争に赴き傷病兵の看護にあたっていたが結核で亡くなった。これらの事実確認は漱石研究家の一人石川悌二が『夏目漱石――その実像と虚像』で綿密に行っている。

これら平岡・石川両氏の実証的な研究にもとづき金之助の神経症と恋愛を考察する必要がある。そこで漱石の作品に反映されていると考えられるれん（御縫）のイメージをいくつか取り上げてみる。

『三四郎』の主人公が大学で講義を受けた帰りに広田先生を訪ねる場面がある。三四郎は先生が茶の間で昼寝をしているので、返そうと思って持ってきた『ハイドリオタフヒア』を読み始めるが、やはり意味が解らない。

結局、広田先生のように謎だと思っていると先生はむっくりと起き上ったので、「書物を返します。

読んだけれどもよく解らんです。第一標題が解らんです。いったい何のことですかと三四郎は聞くが、先生は「僕にもわからない」と言って、欠伸《あくび》を一つした。

それから二人はそろって湯に出かける。途中、先生はついさっき見た夢の話をする。「面白い夢だった」と言う。「女の夢だ」と言う。三四郎は友人の与次郎が起こした筆禍事件の事に話を移すが、先生はあまり聞く気がないようだ。

この筆禍事件というのは与次郎が恩師の広田先生を一高から帝大の教授にしようと目論んで描いた『偉大なる暗闇』という論文の筆者が新聞に暴かれたことである。しかも与次郎はこの筆者名を小川三四郎と発表したからたまらない。

広田先生も三四郎も与次郎の被害者であった。「それよりももっと面白い話をしよう」と広田先生は矢張りさっき夢で見た女の話をすることに関心があるらしい。「その方が新聞記事より愉快だよ」という。

「どんな女ですか」と美禰子の事で女の事に関心を持つようになった三四郎も先生に話すように仕向ける。「十二、三の綺麗な女だ。顔に黒子《ほくろ》がある」という。それも二十年前にあったことだという。

三四郎もようやく広田先生の話術に引っかかってしまった。「よくその女ということがわかりましたね」と三四郎は訳がわからぬまま興味を示す。「夢だよ。夢だからわかるのさ」と広田先生は次のように夢の話を始める。

「法則に支配されるすべての宇宙のものは必ず変わる。するとその法則は物の外に存在しなくてはならないと考えながら森の中を通って行くと、突然その女に逢った。髪も服装も黒子も昔のままである。

行き逢ったのではない。じっと立っているのだ。つまり二十年前に見た十二、三の女である」

「僕がその女にあなたは少しも変わらないと言うと、女は僕が大変歳をお取りになったという。次に僕がその女にあなたはどうしてこんなに変わらずにいるのかと聞くと、二十年前貴方に御目にかかった時だという。それなら僕はなぜこう年を取ったのだろうと言うと、女が、あなたその時よりも、もっと美しい方へ美しい方へと移りなさりたがるからだと教えてくれた。その時、僕があなたは絵だというと、女はぼくにあなたは詩だと言った」

たしかに夢は夢だが、奇妙な夢だ。それからどうなったのかと三四郎がその先を誘うと、「それから君が来たさ」と先生はすっとぼける。「二十年前に逢ったというのは夢じゃない、本当の事実なんすか」と今度は三四郎のほうが真剣に尋ねる。「どこでお逢いになったんですか」と三四郎は執拗だ。

漱石には『三四郎』の前に発表した『夢十夜』という一〇編からなる作品がある。漱石は明治四一年七月二五日から八月五日まで東京朝日新聞に第一夜から第十夜までの夢物語を連載した。

第一夜の話は「死の床に仰向けに横たわった女はもう死ぬから百年待って下さい、きっと逢いに来ますからというので、女がいうように、男は赤い日が東から西へ、東から西へと落ちてゆくのを数えきれないほど、丸い墓石の前で眺めた。すると石の下から青い茎が伸びその先端の蕾《つぼみ》から真っ白い百合の花が咲いた」という夢である。

この『夢十夜』の第一夜は『三四郎』の広田先生の夢と似通っている。「どこで逢ったのか」という三四郎の問いに広田先生は次のように語る。

憲法発布は明治二二年だったね。その時森文部大臣が殺された。君は覚えていまい。幾年《いくつ》かな君は。そう、それじゃ、まだ赤ん坊の時分だ。僕は高等学校の生徒であった。大臣の葬式に参列するのだと言って、大勢鉄砲を担いで出た。墓地に行くのだと思ったら、そうではない。体操の教師が竹橋内《たけばしうち》に引っ張って行って道端に整列させた。

我々はそこへ立ったなり、大臣の柩《ひつぎ》を送ることになった。名は送るのだけれども、実は見物したのも同然だった。その日は寒い日でね、今でも覚えている。動かずに立っていると、靴の下で足が痛む。隣の男が僕の鼻を見ては赤い赤いと言った。

やがて行列が来た。何でも長いものだった。寒い眼の前を静かな馬車や車が何台となく通る。その中に今話した小さな娘がいた。今、その時の模様を思いだそうとしても、ぼうとしてとても明瞭に浮んで来ない。

ただこの女だけは覚えている。それも年を経つに従って段々薄らいで来た。今では思い出す事も滅多にない。今日夢に見る迄は、丸で忘れていた。けれどもその当時は頭のなかに焼き付けられた様に、熱い印象を持っていた。

広田先生は独り者である。だから三四郎は「それで結婚はしなかったのですか」と聞く。広田先生は「それほどロマンチックではない」と言う。しかしもしその女が来たら結婚するかという三四郎の問いに、「貰ったろうね」と答える。

「しかし例えの話だが、ある男がいるとする。父は早く死んで母一人で育ったとする。その母が病気にかかっていよいよ息を引き取る間際になって、自分が死んだら誰某の世話になれという。息子が会ったこともない、知りもしない人だ。訳を聞くと、母は何とも答えない。強いて聞くと実は誰某はお前の本当のお父さんだとかすかな声で言ったとする。そういう母をもった子が結婚というものを信じると思うかね」と広田先生はある例を持ち出す。

「そういうことは滅多にないでしょう」と三四郎。「滅多にないことはない」と先生。「しかし先生のはそんなじゃないでしょう」と三四郎。先生は笑って「君にはお母さんがいたね」と三四郎に聞く。三四郎は「えぇ」と答える。「お父さんは」と先生。「死にました」と三四郎。「僕の母は憲法発布の翌年に死んだ」と広田先生は言う。

二人の一見たわいのないような会話の中に、いくつかのキーワードが隠されている。憲法発布の年は広田先生が帝大生であったこと、少女の年齢が十二、三歳であること、そして広田先生の母が憲法発布の翌年に亡くなっていることの三点である。

明治憲法が公布された明治二二年二月一四日の朝に森有礼が暗殺され、その二日後の二月一六日に森有礼の葬式のため金之助ら帝大生が参列式に駆り出されたのは本当の話である。実際あったことを語る広田先生は漱石本人か友人仲間の分身である。

『三四郎』では広田先生は三四郎が上京する列車で隣り合わせた際に、子規の話を持ち出して「子規は果物が好きだった。いくらでも食える男だった。ある時など大きな樽柿を一六個も食ったことがある」などと三四郎に話していることからも、広田先生は友人仲間の一人というより漱石自身に近い。

金之助の母は明治一四年一月二一日に亡くなっているから、広田先生の母が亡くなった年とは異なる。広田先生の母が亡くなった日はフィクションと考えてよく、問題は行列のなかに見た女の子である。『三四郎』では広田先生は「その女は二十年前に見たときと少しも変わらない十二、三歳の女である」とその年齢を特定しているので、三四郎が訪問する前の夢にみた葬儀の女の子も十二、三歳前後とみてよい。

4 『文鳥』『夢十夜』のこと

憲法発布の話からわかるように、漱石は広田先生の過去をカモフラージュしている。金之助の母は明治一四年に亡くなっているので、その頃の金之助の年齢は十四、五前後である。金之助が十四、五歳前後だとすると、金之助と同居したことのある養父昌之助の後妻かつの連れ子れんの年齢も金之助とほぼ同じである。

広田先生の母の死を明治一四年に遡らせると、葬儀の女の子も『夢十夜』の女も御縫ことれんの可能性も高い。また広田先生がある例をもちだして「父は早く死んで母一人で育ったとする。その母が病気にかかって、死の間際になって、自分が死んだら誰某の世話になれという」と語っていることは、金之助が養父塩原昌之助のもとで成長したことを暗示している。

母が亡くなったころの金之助は、江藤淳が指摘する「最初の神経症の徴候を示している」頃であった。日根野かつの連れ子れんが亡くなったのは明治四一年六月二一日である。石川悌二によれば漱石はれんの亡くなったことを知らされている。またれんが脊髄病にかかって余命いくばくもないことも知っていた。

『道草』の健三と妻との会話はさりげない風を装っているが、健三の想いは金の無心に来る島田（塩原昌之助）に対するいらいらした気分とれんに対する愛情と憐憫の入り混じった重苦しい気分に支配されている。妻の奥歯に物が挟まったような質問にその思いを発散できずに苛立っているのがミエミエである。『道草』の健三と妻の会話は次のように展開する。


「御縫さんが脊髄病なんだそうだ」

「脊髄病じゃ難しいでしょう」

「到底助かる見込みはないんだとさ。それで島田が心配しているんだ。あの人が死ぬと柴野と御藤さんとの縁が切れてしまうから、今まで毎月送ってくれた例の金が来なくなるかも知れないってね」

「可哀想ね。今から脊髄病なんぞに罹っちゃ。まだ若いんでしょう」

「俺より一つ上だって話したじゃないか」

「子どもはあるの」

「何でも沢山あるような様子だ。幾人かはよく聞いてみないが」

〔『道草』（六一）〕

こんな会話の後で健三は次のようにれんの不治の病に思いめぐらす。

不治の病気に悩まされているという御縫さんに就いての知らせが健三の心を和らげた。何年振りにも顔を合わせた事のない彼とその人とは、度々会わなければならなかった昔でさえ、ほとんど親しく口を利いた例がなかった。強烈な好い印象のない代わりに、少しも不快の記憶に濁されていないその人の面影は、島田や御常のそれよりも、今の彼にとって遥かに尊かった。

人類に対する慈愛の心を、硬くなりかけた彼から唆《そそ》り得る点に於いて。また漠然として散漫な人類を、比較的判明した一人の代表者に縮めて呉れる点に於いて。——彼は死のうとしているその人の姿を、同情の眼を開いて遠くに眺めた。

れんが亡くなった日から一一日経った明治四一年六月一三日からその年の一二月二九日まで、漱石は『文鳥』（六月一三日―二一日、「大阪朝日新聞」）、『夢十夜』（七月二五日―八月五日、「大阪朝日新聞」）、『三四郎』（九月一日―一二月二九日、「東京朝日新聞」）を発表した。

「昔美しい女を知っていた」「後から、そっと行って、（略）頚筋の細いあたりを、上から撫でまわしたら、女はものうげに後ろを向いた」という描写が『文鳥』にある。また、『夢十夜』の「仰向けに寝た女」は脊髄カリエスにかかった人を示すシンボリックな言葉だ。この「仰向けに寝た」というイメージはカリエスでなくなった正岡子規にも通じる。

おそらく漱石はれんの病気を知らされてから彼女の死まで、そしてそれ以降もれんの夢を幾度も見たに違いない。あるいは二五歳で悪阻《つわり》で亡くなった嫂登勢の夢も重なったかもしれない。『夢十夜』

第一夜の墓石の下から伸びた白い百合の花はれんの夢に重ね合わせた時間と空間を超えた仏教でいう西方浄土、すなわち極楽浄土に咲く蓮華を連想させる。

れんは金之助の養父塩原昌之助の後妻日根野かつの連れ子で、金之助はれんに恋焦れていたし、養父塩原昌之助の下心もあって、れんと金之助は許嫁に似た関係にあった。しかもれんは並々ならぬ美人であった。

漱石研究者の石川悌二は、金之助の少年時代の後期から青春時代における一連の突発的（神経症的）行動はれんとの関係を抜きにしては説明できないと見事に漱石の恋を見抜いている。

石川悌二の調べによれば、れんこと御縫と夫柴野こと平岡周造との間には明治二〇年ごろには長女まで生れている。れんの夫周造はれんが亡くなって一年後の明治四二年九月三〇日に亡くなり、日根野周造の墓は、現在、曹洞宗法祥寺（新宿区若松町三八―二）にある。墓碑には「陸軍中佐正五位勲四等功五級日根野周造之墓」と刻まれている。

いっぽうのれんの実家で旗本の日根野氏の墓は本郷通りに沿った本郷駒込二丁目二六番地の曹洞宗江岸寺《こうげんじ》にある。石川悌二は宝祥寺の日根野周造の墓碑はなぜ単身なのか、なぜ日根野周造が江岸寺の日根野家の墓にその名がないのかその理由がわからないとしている。

私は二〇一〇年の一一月三〇日と一二月一日の二回に分けて宝祥寺と江岸寺を訪ねた。馬場下から夏目坂を上り、二つ目の信号前の感性寺の隣が宝祥寺である。渋谷発の「早稲田正門前行」のバスだと「喜久井町」で下車する。

しかし日根野（平岡）周造の墓は簡単には見つからず、あきらめかけて帰ろうと思った時、たまたま墓の掃除をしている男の人に念のために聞いてみた。その人は宝祥寺の住職であったが、日根野周造の墓へ案内してくれた。後日、墓の写真と墓の傍に立つ住職の写真と拙著の『漱石の秘密』を持参したが、まだ献花はしていない。

いっぽう本郷通りの江岸寺はすぐわかったが、その時は日根野家の墓は自力で見つけることはできなかった。しかし歩道沿いの案内板から次のようなことがわかった。江岸寺の開基は鳥居忠政で、忠政の父元忠は今川義元の人質となっていた家康に仕えていたが、三方ヶ原、長篠の合戦で家康に付き従って戦勲をあげ、その子の忠政は江戸城の留守役を務めるほどになった。忠政は三河藩の祖先を祀るためこの寺院を建立したという。

ところで江岸寺の日根野家の墓石のことだが、アウシュヴィッツ見学の旅行に出かける三日前の二〇一四年一〇月九日のことであった。この日の朝は台風一八号の通過後にしては秋晴れとは言えない天気であったが、しばらくぶりで散歩に出かけた。

途中、急に気持ちが代わり、山手線のJR田端駅を降りて江岸寺を訪ねることにした。墓地の一番奥で発見したのが「日根野家代々……」という新旧の二枚の卒塔婆《そとうば》であった。古い方は「平成二二年五月二十日」とあり、新しい方は「平成二六年五月二十日」とある。

すると私が一回目に訪れたときは古い卒塔婆は立っていた筈である。古い方は「関根忠春」とあり、新しい方は「中山晴美」とある。そして新旧二つの卒塔婆の墓石には「井上家累代の墓」とある。どうもこれでは筋道がたたない。

「卒塔婆」とは仏塔を意味するが、墓地でよく目にする墓石の後ろに立っている天辺が三角になった細長い木片のことを言う。言葉の起源は古代インドのサンスクリット語の「ストゥーパ」という言葉を、漢語（中国語）で音写したものである。

本堂の脇に住職の別宅と思われる家があったので、先の新旧の卒塔婆の事を聞いてみようかという強い欲求に駆られたが、最近お寺の過去帳が売買されているという新聞報道が気になり、後日また来ようということで中止した。

墓地で撮った十数枚の写真のなかに猫の写真が数枚入っている。というのはしばらくぶりに晴れたせいか、数匹の猫が墓地の筋道を散歩したり、墓石の傍で日向ぼっこをしていた。しかしカメラを向けると察知してか逃げまわるか隠れてしまうが、本書カバーの猫だけは私の方を真正面から見据えて堂々と猫坐りをしてくれた。

帰り道、私は奇妙な錯覚に陥っていた。今見てきた江岸寺が『趣味の遺伝』の〝寂光院〟ではなかったかと想い回らしていたからである。読者の皆さんも拙著の第三部の『趣味の遺伝』をご一読いただき、気が付いたことがあったらご教授いただきたい。

そもそも平岡周造の実家平岡家とれんの実家日根野家は、三〇〇石前後の旗本で維新直前までは四谷大番町（現・新宿区大京町）に屋敷があった。両家は横丁を隔てたごく近距離にあるので親しい関係にあったに違いないと石川悌二は推測する。ちなみに平岡周造は万延元年（一八六〇）生れであるから金之助より七歳上である。

したがって明治一九年の平岡周造とれんとの結婚は、金之助に大きな挫折感と衝撃を与えた。先に漱石は広田先生でも三四郎でもないと述べたが、金之助が少年期から青年期にかけて受けた挫折と経験は『三四郎』の広田先生に色濃く反映している。

5 金之助にふりかかった実家の多事多難

漱石は柴野（中村是公）と一緒に本所松坂町の江東塾に住込み教員をしながら一ツ橋予備門に通ったことは「変化」（『永日小品』）に書いているが、当時、夏目家で起こったゴタゴタについて何も語っていない。明治一九年前後の夏目家はまさに多事多難であった。

一家の大黒柱であった長男大助（大一）が肺結核で病床に伏していたばかりか、隠居後警視庁に勤めていた父直克は六九歳で退職し、電気技手の次兄直則も肺結核の療養のため妻と一緒に岡山から高田馬場の実家に近い牛込津久土前町の借家に移り住んだ。

翌年の三月二一日に長男大助が三二歳で亡くなると、追いかけるように次兄直則も三ヵ月後の六月三〇日に死んだ。直則は満二八歳八ヵ月であった。こうなることを予測していたのか、長兄大助は父直克に金之助の籍を塩原昌之助から取り戻すように頼んだ。

このことは序章でのべたので繰り返さないが、金之助をめぐる塩原家と夏目家の複雑微妙な関係は『道草』（二一二）に次のように描写されている。

「貴方どうして御縫さんをお貰いにならなかったの」「丸で問題にならない。そんな料簡は島田（塩原昌之助）にあっただけなんだから」「あの人の本当の子じゃないんでしょう」「無論さ。御縫さんはお藤さんの連れ子だもの」

「だけど、もしその御縫さんて人と一緒になっていらっしゃったら、どうでしょう、今頃は」「どうなっているか分らないじゃないか、なってみなければ」「でもことによると、幸福だったかも知れませんね。その方が」「そうかもしれない」

健三は少し忌々しくなった。細君はそれぎり口を噤んだ。

御縫さんのことがまた二人の間の話題となったのは、中一日置いた後の事で、其れも偶然のきっかけからであった。細君は一枚の手紙をもって健三の部屋に入ってきた。それを夫に渡した彼女は、何時ものようにその儘立ち去ろうとせずに、彼の傍に腰を下ろした。

健三が受けとったハガキを手に持ったままいつまでも読みそうもないので、我慢しきれなくなった細君はついに夫を促した。

「あなたハガキは比田（金之助の姉ふさの夫）さんから来たんですよ」

健三はようやく書物から眼を放した。

「あの人の事で何か用事ができたんですって」

なるほどハガキは島田のことで会いたいから一寸来てくれと書いた上に、日と時刻が明記してあった。

「どうしたんでしょう」

「丸でわからないね。相談でもなかろうし。こっちから相談を持ちかけた事なんかまるでないんだから」

「みんなで交際《つきあ》っちゃいけないって忠告でもなさるんじゃなくって。お兄《あに》さんもいらっしゃると書いてあるでしょう、そこに」

ハガキには細君の言った通りの事が書いてあった。

兄の名前を見た時、健三の頭にふと御縫さんの影がさした。島田が彼とこの女を一緒にして、後まで両家の関係をつなごうとした如く、この女の生母はまた彼の兄と自分の娘とを夫婦にしたいような希望を持っていたらしかったのである。

「健ちゃんの宅とこんな間柄にならないとね。あたしも終始健ちゃんの家へ行かれるんだけれども」

お藤さんが健三にこんな事を言ったのも、顧みれば古い昔であった。

「だって御縫さんが今嫁《かたづ》いる先は元からの許嫁《いいなづけ》なんでしょう」

「一体、御縫さんはどっちへ行きたかったんでしょう」

「そんな事は分かるもんか」

「じゃお兄さんはどうなの」

「それも分からんさ」

引用文中の「許嫁」の話は直接金之助の復籍とは関係ないがその伏線になっている。文中の「御縫さん」は日比野れんのことであり、その「生母のお藤さん」はれんの母かつのことである。「お兄さん」は金之助の三兄弟の和三郎直矩のことである。「元から許嫁（柴野）は平岡周造という軍人である。

明治一九年ごろの金之助の状況については、漱石研究者石川悌二が『夏目漱石』で指摘した分析がわかりやすいので次に紹介する。

金之助は、学業不振もあり第一高等中学校の試験に落第し、自活するため江東義塾の教師となった前後に平岡周造の前に断恋の憂き目にあった。れんは金之助が自認していた将来の妻であったにもかかわらず、年長でもありかつ美しい女であった。しかし彼はまだ生活力のない学生で、相手（平岡周造）は社会的にも安定した年長の男であった。

れんはかつの連れ子として一〇年ほど塩原家で育った。昌之助は将来金之助とれんを夫婦にしたいと考えていた。しかし、当時の戸籍法では戸主同士間の婚姻は認知されないという問題があった。

だかられんの母かつは金之助との婚姻を考えるよりも、金之助の兄直矩をれんの養子に迎え、塩原家と夏目家の悪化した関係を回復しようと思った。そこに登場したのが、れんやかつとは旧知の間柄であった平岡周造である。平岡周造は積極的にれんに働きかけて一緒になった。

しかし石川悌二は、れんと平岡周造の結婚を不満とした塩原昌之助はかつを長い間正式な妻として入籍しなかった、と推測している。というのは昌之助にとってれんは金之助を実家から引き戻すための囮《おとり》であったからである。

石川悌二は、複雑な関係におかれた金之助の将来を憂慮した長兄大助が金之助を復籍させるよう強く父直克に働きかけたとみている。長男大助が死んだ直後、夏目直克は下谷区役所に「戸籍正誤願」を提出した。

これに対して養父昌之助も代言人を立てて争ったが、昌之助は明治五年の壬申戸籍編成の時、「養子」であるはずの金之助を「長男」「戸主」として登録していたので、これは公文書偽造、職権乱用、官吏冒涜の犯罪に該当することになるので、ついに金之助の復籍を認めざるを得なかったのである。

ところが復籍の際、金之助が昌之助に書き与えた一文が後年トラブルの原因になったことは『道草』(一〇二)にかなり具体的に書かれている。その約定は「私儀今般貴家御離縁に相成、実父より養育料差出候に就いては、今後とも互いに不実不人情に相成ざる様心掛度と存候」というものであった。金では換算できない人情というものがある。そうならないように約束しようというものである。

かくして、金之助の復籍は明治二一年一月二八日の日付となった。金之助の実父小兵衛直克は先の「約定」に対して絶交宣言の手紙を塩原昌之助に贈った。当時としてはなかなかシビアな争いである。名主の経験をもつ両者とも江戸幕藩体制の末端で、エンカウンター・パブリック(庶民一般の窓口行政)を担った経験から用心深い。

結局、この示談は塩原昌之助のほうにより大きい不満を残した。金之助から「不人情」にならないように道徳面だけを約束した約定を取ったのは、解釈によっては許容範囲だとしても、後に塩原昌之助は養父の名のもとに執拗に借金の申入れをした。この養父塩原昌之助からの申入れは、晩年の作品『道草』の大きなテーマとなっている。

『道草』（九五）には羽織に角帯を締めて白足袋を穿いた、商人とも紳士とも片のつかない男が健三の家を訪れて、「それに貴方も御承知でしょうが、離縁の際貴方から島田へ入れた書付がまだ向うの手にありますから、この際若干《いくら》でも纏めたものを渡して、あの書付と引き換えなすった方が好くはありませんか」と言って、件《くだん》の不実不人情の書付と交換に金を請求する場面が書かれている。その使いの男は隅田川の辺にあった扱所時代の使用人であった。

『道草』の最終回（一〇二）は次のように書かれている。


細君は夫の目に前に置いてある二通の書付を開いてみた。

「こっちのほうは虫が食っていますね」

「反故だよ。何にもならないもんだ。破いて紙屑籠に入れてしまえ」

「わざわざ破かなくたってよいでしょう」

健三はそのまま席を立った。再び顔を合わせた時、細君に向かって聞いた。……

「先刻の書付はどうしたい」

「箪笥の抽斗《ひきだし》に仕舞って置きました」

彼女は大事なものでも保存するかのような口振りでこう答えた。健三は彼女の所置を咎めもしない代わりに、責める気にもならなかった。

「まあ好かった。あの人だけはこれで片がついて」

細君は安心したと言わんばかりの表情を見せた。

「何が片付いたって」

「でも、ああして証文を取って置けばそれで大丈夫でしょう。もう来ること事も出来ないし、来たって構い付けなければそれまでじゃありませんか」

「そりゃ今までだって同じ事だよ。そうしようと思えば何時でも出来たんだから」

「だけど、ああしてかいたものをこちらの手に入れて置くと大変ちがいますわ」

「安心するかね」

「ええ、安心よ。すっかり片付いちゃったんですもの」

「まだ、なかなか片付きやしないよ」

「どうして」

「片付いたのは上部だけじゃないか。だからお前は型式張った女だというんだ」

細君の顔には不審と反抗の色が見えた。

「じゃどうすれば、本当に片付くんです」

「世の中に片付くなんてものはほとんどありゃしない。一遍起こった事は何時までも続くのさ。ただいろいろな形に変わるから他にも自分にも解らなくなるだけの事さ」

健三の口調は吐き出すように苦々しかった。細君は黙って赤ん坊を抱き上げた。

「おお好い子だ、好い子だ。お父さまの仰る事は何だかちっともわかりゃしないわね」

細君はこう言い言い、幾度か赤い頬に接吻した。

6 漱石が狩野亨吉に宛てた手紙とは……

漱石は朝日新聞に入社する六ヵ月前の明治三九年一〇月二六日の鈴木三重吉宛の手紙で「維新の志士が困苦をなめたように、間違ったら神経衰弱でも気違いでも入牢でもなんでもする了見がなくては文学者にはなれまい」と書き送っている。そしてその三日前の一〇月二三日、漱石は狩野亨吉へ二回に分けて長文の手紙を送った。

狩野亨吉への書簡はいつも短いが、その日の手紙（明治三九年一〇月二三日付）は異例の長さだ。午前二時の消印がある手紙Aと午後五時の消印がある二度目の手紙Bを次に紹介する。

Ａ　狩野さんから手紙が来た。そこで何の用事かと開いてみたら用事ではなくて只の通信であった。それで驚いた。僕は狩野さんという人は用事がなければ手紙を書く人ではない。しかもその手紙たるや官庁の通牒的なものに限ると思っていたのだから驚いた。

この手紙は僕の書きそうな手紙で、すこしも用事がないから不思議なものだと思った。狩野さんがよっぽど暇が出来たか、しからずんば京都の空気を吸って突然文学的になったんだと断定した。それはどうしてなっても構わん。狩野さんが僕の畑の方へ近づいて来たのだから不平はない。のみならず甚だ嬉しいという感じで読んだ。狩野さんがもしこんな人間なら僕もこれからこんな手紙を書いて送ろうかと思った。

なんでも君が僕の夢を見た事がある。そうして僕が養母とその娘と居て穴八幡があって、養母の名が仲であるという夢は実際に妙である。ことに日本新聞にあんな事がでたのを知らないで見たのだからいよいよ妙だ（僕も日本新聞はアトカラ注意されて見た）。妙は妙であるがこれは余り予想外であるから妙なのである。

元来夢に就いては僕はこう思っている。人はよく平生思っているものを夢に見るというが、僕の考えでは割合からいうと思わないものを見る方が多い。昔僕がある女に惚れてその女の容貌を夢に見たい、見たいと思って寝たが何晩かかっても遂に一度も見なかったのでもわかる。

狩野さんも僕の事を思っていたから見たのではなかろう。虚心平気な所へ僕と養母と娘が出現したのだろう。しかしそれが新聞と暗合しているから不思議だ。元来夢というものに限らず何も予期しないで行雲流水の趣でみていると甚だ愉快なものだ。

拘泥する途端にすべてをぶち壊してしまう。僕の様な人間は君ほど悟っていないから稍ともすれば拘泥していけないが夢丈《だけ》は自由自在で毫も自分に望も予期もないから甚だ愉快だ。どんな悪夢を見ても自然の極致を尽くしているから愉快だ。実世間では人間らしく振舞っていつもチョイチョイ拘泥する所が自分にあるから却って醜悪な感じがする。

京都はいい所に違いない。ことに今頃松茸などを連想すると行きたくてたまらない。君の事だからよく散歩をするだろうと思う。それから絵や古書や骨董などもあるだろう。一体がユックリして感じがいいだろう。

そんな点では東京と正反対だろう。僕も京都へ行きたい。行きたいがこれは大学の先生になって行きたいのではない。遊びに行きたいのである。自分の立脚地からいうと感じのいい愉快の多い所へ行くよりも感じの悪い、愉快の少ない所に居ってあくまでも喧嘩をして見たい。

これは決してやせ我慢じゃない。それでなくては生き甲斐のない様な心持ちがする。何のために世の中に生まれているかわからない気がする。

僕は世の中を一大修羅場と心得ている。そうしてその内に立って華々しく討死をするか敵を降参させるかどっちかにして見たいと思っている。敵と言うのは僕の主義僕の主張、僕の趣味から見て世の為にならんものをいうのである。

世の中は僕一人の手でどうもなり様がない。ないからして僕は討死をする覚悟である。討死をしても自分が天分を尽くして死んだと言う慰藉があればそれで結構である。

実を言うと僕は自分で自分がどのくらいの事が出来て、どの位な事に耐えるのか見当が付かない。ただ尤も激しい世の中に立って（自分の為、家族の為は暫く措く）どの位人が自分の感化を受けて、どの位自分が社会的分子となって未来の青年の肉や血となって生存し得るのかを試してみたい。

京都へゆきたいと言うのは、この仕事をやる骨休めのために行きたいので、京都へ隠居したいという意味ではない。

考えてみると自分は愚物である。大学で成績が好かった。それで少々自負の気味があった。そんなら卒業して何をしたかというと蛇の穴籠りと同様の体で十年余を暮らして居た。僕が何をやろうとし出したのは洋行から帰って以後であって、それはまだ三、四年にすぎぬ。

だから僕は発心してからまだほんの子供である。もし僕が何か成すことがあればこれからである。しかして何か成し得るような状況に向かったのは東京で今の地位（学校の地位ではない）を得たからである。だからして僕の事業はこの地位と少なからず関係を有している。

この地位を棄てて京都へ行って安閑としているのは丁度熊本へ入って澄まして居たと同様になる。これは少し厭である。無論人事は大観した点から言えばどうでもよいのである。ダーウィンも車夫も同じ事である。不義の者に頭を下げるのも伯夷叔斉の様な意地を通すのもつまりは一つである。

大学の教授も小学校の先生も同じ事である。一歩進めて言えば生きても死んでもそんなに変わりはない。しかししばらく世間的の見地に住して差別観の方からいうと大に趣きが違う。僕の東京を去るのは決してよくはない。教授や博士になるならんは瑣末の問題である。

夏目某なるものが伸《の》すか縮むかという問題である。夏目某の天下に与える影響が広くなるか狭くなるかという問題である。だからして僕は先生としては京都へ行く気はないよ。

もっとも煎じ詰めればどうでもよいのだから、こっちで免職になれば自殺する前に京都へ行く。京都でいけなければ北海道でも満州へでも行く。要は臨機応変拘泥してはいけない。臨機応変の極腹を切って死ぬかもしれない。それでも構わないが、まず今の状況なら京都行きは御免だ。

しかし近来のように刺激が多くて神経が衰弱して眠くばかりなっては大事業も駄目らしいから、来年の春ごろになったら金をこしらえて一週間ばかり京都へでも遊びに行きたいと思っている。これも臨機応変だからどうなるかわからない。

B　先刻長い郵便を出した。高等学校の行軍で明日は休みである。ただいま入浴後先刻の続きをもう少し書く。こんな手紙は書きかけた時書いてしまわないと滅多に書けるものではない。また書こうといって滅多な人に書けるものではない。よく知らぬ人にこんな事を書いてやれば付け景気の殼気焔《からきえん》だと思う。

すべての事は事実が証明せぬうちは真実の気焔とは言えない。僕のもその通り僕がどの位な人間でどんな事ができるかは、僕が死んでから始めて証明される訳で今から怒号したって野暮の極である。

しかし君はもっとも理屈のわかった人間だと認めるからして、また、僕の生活の長部分を知っているからして事の序でに君の朋友なる夏目という人間はこんな男であるという事を紹介するのである。

御存知のように僕は卒業してから田舎に行ってしまった。これにはいろいろな理由がある。理由はどうでもよいとして、この田舎行きはいわゆる大乗的に見れば東京に居るのと同じことになる。

しかし世間的にいうとはなはだ不都合であった。僕の出世の為に不都合というのではない。僕が世間の一人として世間に立つ点からみて大失敗である。というものは当時僕をして東京を去らしめたる理由のうちに下のことがある。

——世の中は下等である。人を馬鹿にしている。汚い奴が他という事を顧慮せずして衆を恃み勢いに乗じて失礼千万なことをしている。こんなところには居りたくない。だから田舎に行ってもっと美しく生活しよう――
これが大なる目的であった。しかるに田舎に行ってみれば東京同様の不愉快なことを同程度において受ける。その時しみじみと感じた。僕は何が故に東京へ踏み止まらなかったか。彼らがかくまでに残酷なものであると知ったら、こちらも命がけで死ぬまで勝負すればよかった。

第一余が東京を去ったのからして彼らを増長せしめた原因を暗に作っている。余は余と同境遇に立つもののために悪例を開いた。自ら潔くせんがために他人の事を少しも顧みなかった。

これではいかぬ。もしこれからこんな場合に臨んだなら決して退くまい。否進んで当の敵を打ち倒してやろう。いやしくも男と生れたからには其の位の事はやればやれるのである。やれるのに自己の安逸を貪るために田舎まで逃げ延びたればこそ彼等を増長せしめたのである。

恰《あたか》も冷水浴の刺激が厭だからと言って因循に夜具のなかにもぐり込むようなものである。堪えられぬのではない。耐えられるのをわざと避けるのである。己のあり余る力を使用しないで故意に屏息すると同様なものである。

――余は当時ひそかにこう決心した。それから熊本に行った。熊本に行ったのは逃れて熊本に行ったというより、人を遇する道を心得ぬ松山のものを罰した積りである。高等学校が栄転だから行ったと思うのは外見である。栄進という念慮は東京を去る時にキパリと棄てていた。松山が余の予期したような純朴な地であったなら余は人情に引かされて今日まで松山に留まって村夫子《そんぷうし》を以て甘んじていたかも知れぬ。

熊本は松山よりもいい心持ちで暮らした。それから洋行した。洋行中に英国人は馬鹿だと感じて帰って来た。日本人が英国人を真似ろ真似ろというのは何を真似ろというのか今もってわからない。

英国から帰って余は君等の好意によって東京に地位を得た。地位を得てから今日に至って余の家庭における、そのほかにおける歴史は最も不愉快な歴史である。十余年前の余であるならば、とっくに田舎へ行っている。文章を作って評判がよくなろうが、授業の成績が上がろうが、大学の学生がほめようが。

――すべての事に頓着なく田舎へ行ったろう。京都で呼べば取るものも取りあえず飛んで行ったろう。君が居ればなお恋しく思って飛んで行ったろう。

――しかし今の僕は松山へ行ったときの僕ではない。僕は洋行から帰る時船中で一人心に誓った。どんなことがあろうとも十年前の事実は繰り返すまい。今までは己れの如何に偉大なるかを試す機会がなかった。己れを信頼した事が一度もなかった。朋友の同情とか目上の御情とか、近所近辺の好意とかを頼りにして生活しようとのみ生活していた。

これからはそんなものは決してあてにしない。妻子や、親族すらもあてにしない。余は余一人で行くところまで行って、行きついた所で斃れるのである。それでなくては真に生活の意味が分からない。手応えがない。何だか生きて居るのか死んでいるのか要領を得ない。余の生活は天より授けられたもので、その生活の意義を切実に味わんでは勿体ない。

金を積んで番をして居る様なものである。金のあり丈を使わなくては金を利用したとは云われぬ如く、天授の生命をある丈利用して自己の正義と思う所に一歩でも進まねば天意を空《むなし》うする訳である。余はこの様に決心してこの様に行いつつある。

7 漱石が朝日新聞社に入社するまでの事情

狩野亨吉に出した二通の手紙の背景には、大阪朝日新聞社社主村山龍平から池辺三山を通して漱石を京都に住まわせたいという意向が伝えられたことも考慮にいれなければならない。というのは三月一五日に漱石は東京朝日新聞社主筆池辺三山と東京朝日新聞入社の契約を取り交わしているからである。

また漱石の新聞社専属作家＝社員の件では前年一〇月頃、読売新聞の社主竹越三叉の特命を受けて文芸部記者の正宗白鳥が漱石を訪ねている。漱石はそのころ入社するとすれば読売新聞社か、朝日新聞社であれば東京朝日か大阪朝日のいずれにするか熟慮していた。

当時、漱石は滝田樗陰からの読売新聞文壇担当の推薦について次の様な内容の書簡（明治三九年一一月一六日付）を送っている。朝日新聞社に就職する約四ヵ月前のことである。約二〇〇〇字の手紙として長文である。省略してお伝えする。

月六〇円位で各日に一欄または一欄半ぐらいまで書くのはちと骨が折れる。僕は各日に書けば高等学校か大学をやめる。どっちを辞めるかと言えば大学を辞める。大学は別段有難いとも名誉とも思って居らん。

高等学校は研究や著作の余裕ができるから辞めない。とにかく今の所では辞めない。高等学校の教師のある者は生意気である。生徒のある者も生意気である。教師のある者は余が辞めればよいと思っている。余が辞めればすぐ運動して入ろうと思っているのもいるようだ。生徒は何の考えもなくただ軽薄で生意気だ。

大学を辞めれば八〇〇円の収入の差がある。読売が八〇〇円くれるにしても、新聞に毎日書く事柄は後世に残るものではない。ただ一日で読み捨てるものの為に時間を奪われるのは大学の授業のために時間を奪われることと大差はない。

それでもかまわんとする。しかし読売新聞は基礎の堅い新聞かも知れないが、大学ほどでない。もっとも大学でいつ僕を免職するかも知れない。僕の眼中には学生も学長も教授もないから、それ位のことならいつ僕の頭にふりかかってくるかもしれない。

しかしその懸念を度外視するときは大学の俸給は読売よりも比較的安定している。竹越氏は政客である。読売新聞と終始する人ではあるまい。一旦の約束で文学欄を引き受けた所で、竹越氏と終始して去就する様に融通の利く文学者ではない。ある場合には僕一人で立場を失う様になるかもしれぬ。

覚悟をもって入社するには、教育界に合わぬ人間だから辞めるとか、是非新聞紙上で自分の説を発表したいとか、何かそこに将来の危険を犠牲にするだけのモチーフや事情がなければならない。所が今の僕には左程の事情がない。

以上の理由だからしてまず当分は見合わす方がぼくの為であろうと思う。

さらに漱石は教え子で朝日新聞に入社したばかりの坂元雪鳥（当時、白仁三郎）に次の様な書簡（明治四〇年三月一一日付）を送っている。

先月お話した朝日入社の件、多忙につき熟考していないが、おおよそ左記のような条件を出して、受け入れてくれるようであれば池辺氏と会見したいと思っている。

一　小生の文学的作品は一切朝日新聞に掲載する事
一　但し、文量と種類と長短と時日の割合は小生の随意たる事（たとえば長きものを一回にてご免蒙るか又は坊ちゃんの様なものを二、三篇書くかその辺は小生の随意とせられたし）
一　報酬は申し出の通り月二〇〇円でよい。但し他の社員並みに盆暮れの賞与は頂きたい。
一　もし文学的作品で他の雑誌にやむをえず掲載の場合はその都度、朝日に許可を得る。（これは事実としてほとんどありえない）
一　ただし、全く文学的ならぬもの（誰がみても）或いは二、三頁の端のもの、もしくは新聞に不向きなる学説の論文等は無断にて適当な所へ掲載の自由を得たい。
一　小生の位置の安全を池辺氏および社主より正式に保証されたき事（万が一池辺君が退社した時は、社主より外に条件を満足に履行してくれるものなく又当方より履行を要求する宛てもないので、池辺君のみならず社主との契約を希望したい）。

このように一度、大学を出て、野の人となる以上は再び教師などにはならない覚悟であるから、いろいろ面倒なことを言ってすまない。尚、その他の条件も出るかも知れないが、出たら出たでその時のことで、まず、このことを参考までに先方へ御通知願いたい。

坂元雪鳥に書簡を出した一〇日後に野間真綱に次のような書簡（明治四〇年三月二一日付）を送っている。

拝啓かねて御約束の早稲田文学の寄稿の件、遅れて申し訳ない。今般ある事情で教員生活を辞め新聞社に入ることになった。したがって一切の文学的作品はその方へ回さなければならなくなった。申し訳ないがお約束を履行できませんので悪しからずお許しいただきたい。

翌日、狩野亨吉あてに「小生はこの度大学も高等学校も辞めて新聞屋になりました」という書簡（明治四〇年三月二二日）を送っている。

そのまた翌日、英文科卒の教え子の野上豊一郎に次のような書簡（明治四〇年三月二三日付）の書簡を送る。また大学を辞めた話である。

お手紙拝見。大学を退くことについてご丁寧なるお言葉を受けて慚愧にたえません。世の中はみな博士とか教授とかをさも有難がるようです。教授は皆エライ男と思っているようです。しかし僕のごときは彼らの末席に座る資格はありません。思い切って野に下る積りです。大学にしがみついて黄色になったノートを繰り返すよりも人間として殊勝でありたいと思っています。

今後何をやるやら何ができるやら自分にもわからず、ただやるのみと思っています。最近大学生に覇気がなく俗に向かっているように見受けます。大学は月給とりを作ってそれで威張っています。

月給は必要ですが月給以外に何もない者がごろごろいます。彼らはそれで得意になっています。最近、ヘーゲルがベルリン大学で開講した当時の状況を読んで大いに感心しました。彼の眼中には真理あるのみで聴講者もまた真理を目的にして来ます。月給をあてにして、権門から嫁を貰うような考えで聴講するような者はいないようです。

京都に行ってきます。京都には狩野亨吉という友人がいます。あれは学長ですが、学長や教授や博士などよりも種類の違うエライ人です。あの人に逢うためわざわざ京都に行ってきます。大阪にも行って新聞社の人々と近づきになる積りです。今日は昼寝をして過ごしました。学校を辞めたら気が楽になりました。

漱石が狩野亨吉を訪ねて京都に行ったのは、明治四〇年三月二八日である。この時の様子は、冒頭が「汽車は流星のはやきに、二百里の春を貫いて、行くわれを七条のプラットホームの上に振り落とす」で始まる短編『京に着ける夕』（全集第一二巻に収録）に詳しい。

漱石が狩野亨吉を訪ねて京都に行ったのは、この二通の手紙から五ヵ月経った明治四〇年三月二八日のことである。

また、漱石は坂元雪鳥に次のような手紙（四月一二日付）を送っている。雪鳥については若干の説明を要する。福岡県柳川生れの坂元雪鳥（一八七二―一九三八）はのち能楽研究家・能評論家として活躍した。雪鳥は五高時代の漱石の教え子で東大国文科を卒業後すぐ朝日新聞社に入ったので、当時の漱石からの書簡・ハガキ類を二十数点も持っている。また雪鳥は漱石死後の昭和一〇年に『漱石全集』（昭和十年版）の月報に「入社前後について」（『岩波漱石全集別巻』（一九九六年版）に収録）というエッセイを書いている。

先述の四月一二日付の漱石の手紙Aと雪鳥のエッセイ（要約）Bを紹介し、〝漱石朝日新聞入社の一端〟を見てみることにする。

A　拝啓　朝日新聞についてはいろいろお世話になりました。深く感謝申しあげます。池辺氏と相談して去る月の二八日、大阪に出向き社主及び幹部の人達と大阪ホテルで会食しました。翌日ふたたび京都に戻り、昨一一日まであちこち見物して只今帰京したところです。今回は大阪の鳥居氏と貴君の奔走によって三分二以上成功し、心からお礼申しあげます。本来ならば直接出向かなければならないところ、手紙にて失礼いたします。

B　当時、私はまだ学校を卒業していなかった。先生に始めて切り出した時は、朝日という事を言い出す前に、場合によっては大学も高等学校もおやめになる事が出来ますかと尋ねた。それには洋行（イギリス留学のこと）の義務年限の有無も付け加えて尋ねたような気がする。

それからその頃もっとも関係ありげに思われた読売とは簡単に絶縁出来ますかという事を尋ねた。この会見は短時間で終わった。私は少しも早くその場を引き上げる必要があった。

というのは先生と同じ西方町十番地の中でも極近いところに、当時長谷川二葉亭氏が住んでいた。その所に朝日の通信部長の地位にあった弓削田精一氏と社会部長の渋川玄二氏と集まって、私のもたらす報告を待ち焦がれていたのであった。

私が交渉有望の報をもって其処へ駆けつけた時、二葉亭氏も始めてこの朝日の新計画を知って、驚き喜んでいた。

池辺三山氏と始めて会見された先生が、私に呉れた手紙は、先生からもらった数々の手紙のなかでもっとも興味深きものであると思う。それは一人で喜び読むのが惜しい気がして朝日の一、二の人に見せている内に行方不明になってしまった。

随分長い手紙であったが、今尚明らかに覚えているのは、三山氏が池辺吉十郎の子であることから、如何にも謀叛人の子らしい面魂（つらだましい）であると書いてあった。先生は無遠慮に謀叛人という語を使っていたが、余程痛快に感じられていたらしく、非常に喜んでいることが手紙の上によく表われていた。

以上のような坂元雪鳥であったが、件の〝四月一二日付〟（A）の書簡を受け取った三ヵ月後に漱石から次のような手紙（七月一二日付）をもらったのには慌てたことであろう。

拝啓　京都より御帰りの由、毎日ご精勤のことと存じます。小生一昨日一〇日総務局より臨時賞与として五〇円貰いました。定めて入社当時に話のあった盆暮の賞与の意味でしょう。それならば大分話が違う。始め君の周旋の時は一年二期に給料の二ヵ月分宛位という事であった。その後いよいよとなったら弓削田氏より君への返事では先ず一ヵ月位の事であった。僕は池辺氏にあって最低額は一ヵ月分と定めて差し支えなきやと質した時、氏はそうだと答えている。

僕は賞与がなくともその日は困らぬ。また実際アテにするほどの自覚もない。しかし貰ってみるといやである。入社の日が浅いから今年は出さぬというなら弁解になる。同上の理由で今年は少ないというのならもっといやである。

以上の理由は誰からもきいていない。只一人、解釈すべきものか。いずれにしても故意でなければ気にすることもないであろう。ついでのおり、両君の考えを確かめてほしい。

早速、雪鳥から返事があったらしく、漱石は雪鳥に「御多忙のところわざわざ返事を聞いて下さってありがとう。問い合わせの件、理由がよくわかりました」という書簡（七月一三日付）を送っている。

朝日入社の件では坂元雪鳥と漱石の関係を知ってもらいたかったので横道にそれたが、漱石と狩野亨吉の話に戻す。漱石が亨吉に宛てた二通の手紙は作家＝小説家のそれよりも、正義感に裏打ちされたジャーナリストの心境に共通する。「未来の青年の肉や血となって生存しうる」という言葉は、『心』の先生が〈私〉に向かって書いた手紙の一句とそっくりである。その社会的意識において『心』の先生よりも漱石自身の方が遥かに激しい。

手首を切って自殺した『心』のKや、明治の精神に殉じて自殺した『心』の先生や『坊っちゃん』の主人公が「そんなら指を切って見ろ」と言われ親指を切ってみせる話から、漱石が刃物（刀）を象徴する恐怖、暴力と死に対する並々ならぬ関心を抱いていることがわかる。

関東武士団の棟梁源頼朝以来の武力神話と朝鮮からの渡来集団の末裔天武・持統のアマテラスを母とする万世一系天皇の建国神話をイデオロギーの両翼とする、明治国家のもとに夏目漱石が誕生したという事実を考慮にいれるならば、漱石もまた維新の子であることは明らかである。

その意味で私は、「漱石は、結果的に自身の出生の秘密を、現代日本の開化の秘密まで格上げしたのだ。むろん、歪《いびつ》なのは日本の近代ではない。漱石自身である」と指摘する三浦雅士の『出生の秘密』のこの部分を「歪であったのは近代であって、漱石は真面《まとも》であった」と修正したい。

三浦雅士の指摘は漱石が明治四四年八月、和歌山県で「現代日本の開化」と題して話した「開化と神経衰弱」に対してなされたものだが、この批判の前段で狩野亨吉への先の手紙に触れて次のように書いている。

漱石という人間の仕組みと、作品の仕組みは寸分の違いもないことには驚くほかない。（狩野亨吉への）書簡に示された世間に対する姿勢は、鏡子夫人の描き出した漱石の「病気」のありようそのままである。迫害妄想、追跡妄想が、一転して攻撃へと変わって行く過程が、期せずして、内的独白として述べられている。

確かに漱石は幼児期の不条理によって心的障害《トラウマ》を受けた。しかし漱石は自ら誕生の秘密を解明することによって正気になったが、日本の近代は狂気のまま正気に戻ることなく突っ走った。何故ならばアマテラスの五世孫神武天皇を祖とする天皇の物語は興味津津ではあるが、一九世紀の明治時代に引っ張りだして日本帝国憲法の精神とすることに、いかなる歴史的合理性もないからである。

漱石は狩野亨吉への二通の手紙によって、数多くの友人・知人のなかでももっとも信頼しかつ尊敬している狩野亨吉に心情のすべてを語っている。狩野亨吉は漱石にとって畏友であった。なぜ狩野亨吉は漱石にとって尊敬すべきエライ人間であったのか。

狩野亨吉は日本人のだれよりもはやく、より正しく、かつ発展的にデカルトの「ゴギト・エルゴ・スム」（＝われ思う、ゆえにわれあり）の構造的意味を解読し、価値あるものとしたからである。

漱石にとって最も大切なことは自己を知ることであった。狩野亨吉は江戸中期の医者にして思想家安藤昌益の研究者であるが、狩野亨吉は数少ない著作のなかで書いた「安藤昌益」（昭和三年五月発行「世界思潮第三冊）の中で語ったデカルトの「ゴギト・エルゴ・スム」（＝われ思う、ゆえにわれあり）の部分を紹介して、終章の終りにしたいと思う。

なおこの際、拙著『漱石の時代』第五章第四節の「狩野亮吉」も参考にしていただきたい。


そこで尋ねるが、一体我思うと言った我は彼を知らないのであろうか。どうして彼があることを知らないで我あることを主張しうるのであろう。一切の彼を空じ終わったとすれば相対的な関係故に我も同時に消滅して無くなる筈である。

即ち彼の付纏《つきまと》いがない我というもののあろう道理がないのである。故に事実問題として扱うことになると我と言う途端にすでに彼もあることを認めていると思わざるをえない。

これは明白なことである。さらに純理問題として考えてみても、我思う時の我と、我ありと言う時の我とは、見るものと見られるものとの別がなければならないから、結局は矢張り　彼我の対峙となるのである。

このように考えて見れば事実上にも理論上にも、心だけが真に存在するもので、それからあらゆる事物が生じてくるなどとは言われないことで、心即ち我あると同時に、物即ち彼あると見るのが、本当のことだろう。

ここまで考えてくると、あの語を思いついたデカルトの頭には、相対的の我なる概念は単に孤立的な我なる語となって浮んでいたのではなかろうかと思われるのである。もしそうでなかったならば、彼はあんなに唯心的に誤解され易いことは言わなかったであろうと思う。

しかし私は今言わんとするのは唯心論にどの位の声援を与えたかを論評するのではなく、かの語の裏面には事実的にも純理的にも彼我の相対ということが潜んでいることを指摘しておきたかったのである。

いずれにしても彼我関係で成立しているのであるから、二つの中のどちらかを一つ失ったら、他の一つはまったく意味を為さない事になる。

〈追記〉〝安藤昌益〟を発見した狩野亨吉のこと

足尾銅山・夕張炭鉱・別子銅山のスト・暴動が起こった明治四〇年（一九〇七）も押し迫った一二月の末、狩野亨吉は月刊誌「内外教育論」の記者のインタビューを受けた。この記事は翌年一月号の「内外教育評論」（第二号）に「大思想家あり」と題して紹介された。

狩野亨吉はこのときはじめて〝安藤昌益〟という当時誰も知らない江戸時代の思想家を世に公開した。つまり安藤昌益は狩野亨吉が見つけるまで約一五〇年間隠れていた。一五〇年間というのは、その後の研究によって安藤昌益は一七〇三年頃に生まれ、一七六二年に没した徳川将軍五代綱吉から八代吉宗・九代家治時代の思想家であることがわかった。

「内外教育評論」の記者木山熊次郎は、狩野亨吉が安藤昌益のことを研究していることを誰かに教えられていたのであろう。木山は前書きとして「某名としたのは特別な事情ではない。次の記事は博士の話した全部ではない。記者は編集の締め切りに追われて博士の十分なる校閲を得ないまま発表した。本誌は、博士が今後一層研究を深めた上でその詳細なる研究を寄せらるることを願う次第だ」と文責は自分にあることを断った上で、つぎのような狩野の話を載せている。

自分は暇であれば、日本の文明史とは行かぬが、日本の国民の知力発展史を研究してみたいと思っている。特に徳川時代には数学でも天文学でも世界に誇れる偉い人がたくさんいることがわかった。そして哲学的方面でも日本では大なる哲学者がいる。この大思想家のことは、たいていの人が知らないと思う。

なぜならこの人の書を誰も読んだことはないだろうからだ。その人は今から二〇〇年ほど以前の人で、この本は百巻九二冊からなっている。生れた国は秋田県である。この人物はいろんな国を歩いて長崎まで行っている。三浦梅軒などよりはるかに大規模だ。実際、この人は自分の説が理解されるのは百年後だと言っている。

「内外教育評論」の第一号は明治四〇年一一月八日の発行である。この年の二月四日、足尾銅山労働者の暴動を鎮圧するため軍隊が出動した。その一ヵ月前の一月一五日には日本社会党の機関紙として「平民新聞」が生れた。発行兼編集人は石川三四郎・西川光次郎・幸徳秋水・堺利彦らである。

二月一七日、神田錦輝館で日本社会党の第二回大会が開かれ、ここで、「宣言および決議」を巡って、幸徳秋水と田添哲二と激しく対立した。幸徳秋水は田添の議会主義的な政策論に対して直接行動を主張した。いわゆる硬派と軟派との対立はこの時が端緒となった。

幸徳秋水は足尾銅山の例を引いて「代議士の存在はかえって革命の気焔を損ねる」と切り出し、「田中正造翁はもっとも尊敬すべきであるが、その田中正造翁でさえ二〇年間の議員生活で出来なかったことを足尾鉱山の労働者は三日間であれだけのことをやった」と演説した。幸徳の主張が圧倒的多数で可決された。

しかし二月一九日の「平民新聞」（第二八号）に幸徳の演説が掲載されると、その三日後の二月二二日に政府は治安警察法第八条第二項にもとづき結社の禁止を決定した。続いて四月一三日には追い打ちをかけるように、東京裁判所は「平民新聞」の発行禁止を決定した。

結社禁止によって解散させられた日本社会党は、直接行動派と議会主義派に分かれて対立が激化した。幸徳ら直接行動派と折衷派は「平民新聞」が廃刊に追いやられて後、「大阪平民新聞」（「日本平民新聞」）や「熊本評論」を刊行した。そして幸徳秋水や堺利彦や山川均ら直接行動派はこの年の九月に「金曜会」を組織、一方の田添・片山潜らは「社会主義同志会」を結成した。

ところが「内外教育評論」に掲載された狩野亨吉の談話に前後して、「日本平民新聞」の一六号（明治四一年一月二四日）に「百五十年前の無政府主義者安藤昌益」と題して掲載された。この新聞は「平民新聞」が発行禁止になった後に急進派の幸徳秋水や山川均らによって大阪で発行された新聞だが、明治四二年五月の爆裂弾事件で逮捕された宮下太吉と関連があった森近運平が編集にあたっていた。

森近運平は明治四三年大逆罪事件で幸徳秋水らとともに死刑になった一人である。森近運平が直接狩野亨吉を知っていたという確かな資料はないが、森近運平が判事の尋問に久米邦武の『日本古代史』のことを口にしているくらいだから、その交友関係はかなり幅広いものであったにちがいない。

また宮下太吉が単なる爆裂弾の製造者でないことは、判事との次のようなやり取りからも窺える。取り調べ判事の「天皇を斃《たお》すと考えたのは、森近から日本の歴史を聞いてからか」という問いに、宮下は「森近の話を聞いてから、これまでの疑問が解け始めた。その後、『無政府共産』という本を読んでから、日本も古代の歴史になるとつまらないと感じた」と答えている。

ところで狩野亨吉が安藤昌益の『自然真営道』一〇〇巻九三冊の原本を手に入れたのは狩野が熊本五高の教授から一高の校長になった明治三二年（一八九九）のことである。狩野が五高で教鞭をとったのは、漱石が狩野を五高の教授に招こうと奔走した結果によるが、狩野が五高に在籍した期間は約一年間に過ぎなかった。漱石も明治三三年九月には英国留学のため横浜を出港している。

狩野のところに『自然真営道』を持ち込んだのは、本郷追分町の古本屋田中清蔵である。狩野は『自然真営道』の破天荒な内容に驚かされたばかりか、それを書いた人物の正体が皆目見当がつかないことであった。

唯一手掛かりになったのは序巻の「確竜堂良中見」と第二巻の真道哲論の「良中先生は藤原氏児屋《こや》根《ね》四三代の統胤也、倭国羽州秋田城都の住也」の「倭国羽州秋田城都」であった。天児屋根命《あまのこやねのみこと》は「記紀」神話に登場する神で天岩屋戸《あまのいわと》の前で祝詞をあげてアマテラスの出現を祈る藤原氏の祖神である。

いずれにしても中身は難解で徳川体制を真っ向から批判するラジカルな内容である。徳川幕藩体制はもちろん明治末期の言論弾圧が激化するなかで公表するには二の足を踏む。

しかも安藤昌益に関する本が一冊もない手探り状態のなかで、たとえ優れた漢学者の息子で抜群の知識をもつ狩野亨吉も当初は全くお手上げであった。

ところで狩野亨吉がどのようにして〝安藤昌益〟を発見したかについては、狩野亨吉を師とした渡辺大濤（一八七九―一九五八、新潟県生まれ）の『安藤昌益と自然真営道』か、拙著『漱石の時代』の五章の「狩野亨吉」をご覧いただきたい。

宝暦五年（一七五五）に出た安藤昌益の『自然真営道』が、明治三二年（一八九九）に狩野亨吉の手に入るまで一四四年経たことになる。『自然真営道』は渡るべき人物に渡った。宝暦五年というと奥羽中心に大飢饉に打ち壊しが多発した。いっぽう明治二三年には足尾銅山の鉱毒被害民が「押し出し」（デモ行進）を開始した年であった。

狩野亨吉が『自然真営道』を初めて手にしたとき、唯一の手がかりとなったのは「確竜堂良中見」と「倭国羽州秋田城都」であった。後者の「倭国羽州秋田城都」について、私の知見を述べて、〈追記〉のおわりとしたい。

和銅二年（七〇九）エミシ征討のため日本海沿岸の最上川河口付近に造られた出羽柵《でわのき》が、二四年後の天平五年（七三三）さらに一〇〇キロメートル北の雄物川河口付近の秋田村高清水岡に移され、と同時に雄物川上流左岸の雄勝村（現雄勝町足田周辺）に郡がおかれた。

その三年後の天平八年（七三六）、陸奥按察使大野東人の要請により、持節大使藤原麻呂（藤原不比等の四男）が多賀城に派遣された。その最大の目的は多賀城から秋田城（日本海側）に至る直結の内陸道を開くためであった。雄勝柵は内陸部（横手盆地）の第一の経由地とされた。

それから二三年後の天平宝字三年（七五九）、藤原仲麻呂（不比等の長男武智麻呂の次男、当時、太政大臣）は坂東八ヵ国と越前・能登・越後の浮浪人二〇〇〇人を雄勝の柵戸とした。これは雄勝柵（城）を固めた律令国家はさらに雄物川下流域の北のエミシと北上川流域の一関・盛岡間のエミシを攻略するためであった。

俘囚の乱として有名な元慶《がんぎょう》二年（八七八）の乱が起こった頃は、秋田城では「秋田城介《あきたじょうのすけ》」が常設され、一〇〇〇人以上の兵が駐屯する北方の軍事拠点となった。

狩野亨吉が生れた大館一帯も秋田城の反乱に巻き込まれた地域なので、『自然真営道』の「倭国羽州秋田城都」という文字は狩野亨吉にとって何か特別なことを意味する言葉であったにちがいない。かつて秋田県鹿角郡と比内郡は陸奥国に属していた。

北上川に沿って北に一直線に遡り、奥六郡の最北の岩手郡まで来て、そこから津軽に出るには鹿角と比内郡を通る。この道は「奥大道」と呼ばれた。北上川上流の厨川《くりや》を出て、松川・赤川の谷川沿いに遡り、七時雨《ななしぐれ》山の西山麓を鹿角郡に越え、比内を通って矢立峠から津軽平野に入る。奥大道はさらに平賀の岩館・韮崎・浪岡を経て、外ヶ浜の油川にいたる。

元慶の乱の賊地として一二の村、すなわち秋田県のほぼ北半分を占める上津野・火内・椙淵《すぎぶち》・野代・河北・腋本・方口・大河・堤・姉刀《あねたち》・方上《かたがみ》・焼岡《たけおか》の地名が出ているが、その一つ「火内」村が大館になる。

奥州平泉藤原四代の泰衡は、源頼朝の追討を受けて贄柵《にえのさく》の家来河田次郎のもとに逃れたが、逆に河田次郎に首を取られた。泰衡が討たれた贄柵は比内村にあった。河田次郎は泰衡の家来とはいってもこの地の開発領主である。比内・閉伊・鹿角から外ヶ浜にかけては朝廷の力がおよばない奥州平泉政権の固有の支配地であった。

贄柵は古くから二井田と呼ばれ、贄の里という古地名も残っている。二井田の錦神社は首のない泰衡の遺体を錦の直垂《ひたたれ》に包んで葬ったことからその名が残ったと言われている。河田次郎に斬られた泰衡の首は岩手県紫波郡陣ヵ丘に陣取っていた源頼朝に届けられた。その河田次郎も裏切り者として頼朝に処刑された。

ＪＲ花輪線（好摩駅・大館駅間一〇七キロ）の扇田駅北西の米代川と犀《さい》川に挟まれた犀川右岸にその錦神社がある。扇田駅は大館の二つ手前の駅だ。安藤昌益の墓と石碑はこの錦神社の対岸にある。墓の所在地は大館市仁井田字贄の里三三である。

狩野亨吉の生れた地は現在の大館市内三の丸だ。狩野の父良知は昌平黌《しょうへいこう》に学んだ漢学者であった。良知が書いた『三策』は吉田松陰の松下村塾から出版されている。昌平黌は林羅山（一五八三―一六五七）が一六三〇年幕府から上野忍岡に土地を与えられて開いた幕府直轄の学校である。五代将軍綱吉が一六九〇年神田湯島に移転。林家が大学頭《だいがくのかみ》となり，官学としての昌平黌（湯島聖堂）が成立した。以後、寛政の改革で昌平坂学問所と改称され、明治三年（一八七〇）の学制改正により昌平黌と呼ばれた。

狩野亨吉は『自然真営道』に偶然に出会ったが、その出会いは必然であった。安藤昌益は秋田の人である。狩野亨吉も秋田の人である。言ってみれば安藤昌益は狩野亨吉にとって郷里比内村の大先輩である。

であればこそ、雄物川上流のほど近くに雄勝柵、すぐ近くの下流に八幡太郎義家が攻めた清原家衡（奥州平泉の祖清衡の異母弟）の居城沼柵《ぬまのさく》を郷里にもつ筆者林にとって、漱石の畏友狩野亨吉は誇るべきエライ大先輩であることを読者の皆様にお伝えして本書の終りとしたい。

おわりに

明治三八年（一九〇五）一月一日は旅順のロシア軍が日本に降伏した日である。歓呼の渦巻く帰還兵を迎えた新橋で漱石は一人《ひとり》万歳の声をあげることはしなかった。漱石はこの月、雑誌「ホトトギス」に『吾輩は猫である』を発表した。

ところで昨年から今年にかけて朝日新聞はなぜ『心』や『三四郎』の再連載を始めたのか。正直言ってその意図はどの辺にあるのだろうか。東京・大阪の両朝日新聞が『心』の同時連載を始めたのは大正三年（一九一四）四月二〇日で、終わったのは八月一一日である。この年の七月二八日は第一次世界大戦が始まっている。その前月の六月二八日オーストリア・ハンガリー帝国の皇太子夫妻がセルビア人の民族主義者に暗殺された。八月上旬ドイツはロシア・フランスに宣戦布告することによって多くの死者と莫大な負債を負い、のちヒトラーが台頭する原因となった。

朝日の『心』の連載から今年はちょうど一〇一年目である。今、世界の各地で間断なく起きている紛争（戦争）は誰もが心配だ。戦争は命・財産・平和を根こそぎに奪うからだ。時によっては亡国の民となる。

実際、今日（一月二一日）、イスラム過激派組織「イスラム国」による会社経営者とフリーのジャーナリストの七二時間内の身代金要求事件が勃発した。一月一七日、安倍首相が最初の訪問国エジプトのカイロで中東六カ国対象に人道支援として二億ドル相当の支援を発表した直後の事件である。

と同時につい最近、日本政府は二〇一五年予算で計上する米軍普天間の名護市辺野古移設に向けた工事費を約一九〇〇億円前後に拡大させる方針を出した。しかし沖縄県民は辺野古の軍事基地建設に反対している。その事実は〝オール沖縄〟による翁長《おなが》沖縄新知事の誕生によって明らかになっている。中東諸国の歴訪で「寛容な共生社会を作って行く」と演説した安倍首相は新軍事基地のために沖縄県民を力づくで排除させている。戦後平和憲法日本の首相のこのような言動こそ、日本のマス・メディアは国内はもちろん世界に発信すべきである。

辺野古の新軍事基地反対は沖縄県人の戦後七〇年の長い体験から生れた教訓である。私は、長い間、沖縄県民の正義と真理を学ぶことの少なかったことを心から反省し、誇りと豊さにみちたあの古代歌謡を想い起こし、沖縄の再生の記念としたい。

またあまみやからおきなわ（アマミの世から今の沖縄まで）
たけておもはな（岳とは思わず）
又しねりやからみしま（シネリの世から今の御島の世まで）
もりておもはな（森とは思わず）
（『おもろさうし』巻二、石渡信一郎『日本地名の語源』より）

二〇一五年一月二一日

林順治

◉参考文献

『夏目漱石』（新潮日本文学アルバム）新潮社、1983年
『増補改訂 漱石研究年表』荒正人、集英社、1984年
『漱石全集』（四六判、全二八巻、別巻一冊）、夏目金之助、岩波書店、1993―1999年

＊

『夏目漱石』小宮豊隆、岩波書店、1938年
『父・夏目漱石』夏目伸六、文藝春秋社、1950年
『忘れられた思想家――安藤昌益のこと』E・H・ノーマン、大窪愿二訳、岩波新書、1950年
『漱石序説』平岡敏夫、塙書房、1956年
『漱石の養父――塩原昌之助』鷹見安二郎（「世界」1963年10月・12月号）、平岡敏夫編『夏目漱石Ⅱ』国書刊行会、1991年所収
『現代日本文学大系』（一七巻、「漱石の病歴」）千谷七郎、筑摩書房、1968年
「徴兵忌避者としての夏目漱石」丸谷才一（「展望」1969年6月号）、平岡敏夫編『夏目漱石Ⅱ』国書刊行会、1991年所収
『漱石の時代』全五巻、江藤淳、新潮社、1970年
『夏目漱石の全小説を読む』国文学編集部編、学燈社、1977年
『夏目漱石――その実像と虚像』石川悌二、明治書院、1980年
『夏目漱石論』河口司、近代文芸社、1982年
『漱石文学全集』五巻（『三四郎』『それから』）、伊藤整・荒正人、集英社、1982年
『正宗白鳥全集』二〇巻・二一巻・二八巻、正宗白鳥、福武書店、1985年

『漱石的主題』吉本隆明・佐藤泰正、春秋社、1986年
『洋燈の孤影』高橋秀夫、幻戯書房、1989年
『神経症夏目漱石』平井富雄、福武書店、1990年
『漱石論集成』柄谷行人、第三文明社、1992年
『漱石異説二題』木村直人、彩流社、1994年
『漱石の思い出』夏目鏡子述・松岡譲録、文春文庫、1994年
『大岡昇平全集』第一九巻、大岡昇平、筑摩書房、1995年
『夏目漱石を江戸から読む』小谷野敦、中公新書、1995年
『安藤昌益と自然真営道』（渡辺大濤昌益論集I）渡辺大濤、農村漁村文化協会、1995年
『漱石のなぞ』小山田義文、平川出版、1998年
『モーセと一神教』フロイト、渡辺哲夫訳、日本エディタースクール、1998年
『漱石研究』（一二号『坊っちゃん』）、小森陽一・石原千秋編、翰林書房、1999年
『闊歩する漱石』丸谷才一、講談社、2000年
『漱石の東京』I・II、武田勝彦、早稲田大学出版部、2000年
『漱石──ある佐幕派子女の物語』平岡敏夫、おうふう、2000年
『漱石と子規／漱石と修』中村文雄、和泉書院、2002年
『夏目漱石を読む』吉本隆明、筑摩書房、2002年
『明治の精神異説』度会好一、岩波書店、2003年
『増補改訂版　漱石と英文学』塚本利明、彩流社、2003年
『漱石の時代』林順治、彩流社、2004年
『新聞記者夏目漱石』牧村健一郎、平凡社新書、2005年
『漱石のたくらみ』熊倉千之、筑摩書房、2005年
『出生の秘密』三浦雅士、講談社、2006年

『批評と真実』ロラン・バルト、保苅瑞穂訳、みすず書房、2006年
『安藤昌益の世界』石渡博明、草思社、2007年
『夏目漱石』ダミアン・フラナガン、講談社インターナショナル、2007年
『漱石――母に愛されなかった子』三浦雅士、岩波新書、2008年
『トルストイの生涯』藤沼貴、第三文明社、2009年
『小説「坊っちゃん」誕生秘話』勝山一義、近代文芸社、2009年
『漱石はどう読まれているか』石原千秋、新潮選書、2010年
『夏目漱石と戦争』永田隆夫、平凡新書、2010年
『漱石の秘密』林順治、論創社、2011年

［著者略歴］

林順治（はやし・じゅんじ）

旧姓福岡。1940年東京生れ。東京空襲の一年前、父母の郷里秋田県横手市雄物川町深井（旧平鹿郡福地村深井）に移住。県立横手高校から早稲田大学露文科に進学するも中退。1972年三一書房に入社。取締役編集部長を経て2006年3月退社。

著書に『馬子の墓』『義経紀行』『漱石の時代』『ヒロシマ』『アマテラス誕生』『武蔵坊弁慶』『天皇象徴の日本と＜私＞1940-2009』『八幡神の正体』『古代 七つの金石文』『法隆寺の正体』『ヒトラーはなぜユダヤ人を憎悪したか』（いずれも彩流社）。『応神＝ヤマトタケルは朝鮮人だった』（河出書房新社）『日本人の正体』（三五館）『漱石の秘密』（論創社）『仁徳陵の被葬者は継体天皇だ』（河出書房新社）。『あっぱれ啄木』（論創社）。

『猫《ねこ》』と『坊《ぼ》っちゃん』と漱石《そうせき》の言葉《ことば》――風吹《かぜふ》けば糸瓜《へちま》をなぐるふくべ哉《かな》

2015年3月25日　初版発行　　定価は、カバーに表示してあります

著　者　林　順治

発行者　竹内淳夫

発行所　株式会社　彩流社
〒102-0071　東京都千代田区富士見２－２－２
TEL 03-3234-5931　FAX 03-3234-5932
ウェブサイト　http://www.sairyusha.co.jp
E-mail　sairyusha@sairyusha.co.jp

印刷　倉敷印刷（株）
製本　（株）難波製本
装幀　加藤俊二（プラス・アルファ）
組版　プラス・アルファ

乱丁本・落丁本はお取り替えいたします。　ISBN978-4-7791-2099-2 C0095